白　牙

從禁錮到自由，
一段善與惡的生命之旅

WHITE FANG

JACK LONDON

傑克・倫敦——著

朱麗貞——譯　曾知立——審定

CONTENTS

PART 1 冰封的荒野之地

比爾與亨利領著一群雪橇犬，拖著一只長形木箱踽踽前行，越過冷冽的蠻荒之地，四周傳來陣陣狼嚎，餓到發狂的狼群一路尾隨，狗的數量不斷減少，比爾決定射殺母狼進入樹叢，留下亨利與僅存的兩隻狗，誰會是最後的倖存者……

PART 2

野地裡的新生命

飢荒結束，狼群開始分裂，最終剩下母狼、灰狼、獨眼老狼與三歲的小狼。接著展開了一場比獵食更重要的求愛之爭，在本能與繁衍的鬥爭中，獨眼贏得最終的勝利，與母狼誕下一窩小狼。幾經飢荒之後，僅有一隻幼狼倖存下來，並在嚴峻的荒野之中學會了獵食的法則。

CONTENTS

PART 3

凌駕於萬物之上的主宰者

幼狼與母狼來到了印地安人的營地，並且被取名為「白牙」，馴服於人類。然而遇到人類並沒有為他帶來幸福，反而遭到殘酷的對待。他很快就了解棍棒的世界以及這裡的生存法則，澈底讓他的性格變得更為凶狠。

PART 4

馴服之路

他們都是被馴化的狼，只不過他還保有荒野之中的毀滅力量，狗群只敢成群結隊的攻擊。一位殘暴的鬥狗販子看上了白牙凶猛的本領，想方設法地買下了他，並以毒打及嘲笑來催化他的仇恨，將他變成殘酷的「戰狼」。恨意讓他失去自我，並且擊敗了所有對手，包括幾隻狼與一隻山貓，直到敗給了鬥牛犬切羅基，卻讓一切出現了轉機。

CONTENTS

PART 5

解放與救贖

就在白牙因重傷奄奄一息，並對人類的陰暗感到失望時，他遇到了善良的史考特。新主人以耐心消弭了白牙內心的恐懼，終於讓他重新學會了信任與愛。他跟隨史考特回到加州的家，適應了文明社會的生活，甚至勇敢地保護主人的家庭，贏得「聖狼」的稱號。

前言

從禁錮到自由，一段善與惡的生命之旅

相對於一九〇三年出版的《野性的呼喚》，奠定傑克．倫敦經典文學作家的地位，一九〇六年出版的《白牙》，則被譽為「傑克．倫敦最有趣並最具野心的作品之一」。這本書不但被翻譯成八十幾種語言，甚至還多次被改編為影視作品。

傑克．倫敦的人生經歷崎嶇坎坷卻又充滿勵志。出生在舊金山貧窮農民家庭的他，從小不但當過牧童和報童，甚至當過碼頭的童工。因為貧窮，他必須自己賺取學費，現在我們所提倡並重視的「自學」，成為他最重要的學習方法。他也靠著自學，只靠一年的時間就學完中學四年的課程，考上加州大學柏克萊分校。

可惜的是，一年後因為沒錢繳學費只好退學，當時剛好興起克朗代克河淘金熱，他便跟著好朋友前往阿拉斯加，沒想到一無所成，又兩手空空的回家。為一圖溫飽，他開始了寫作生涯。四十歲就英年早逝的他，從二十四歲創作第一本小說開始算起，總共完成了十九篇長篇小說、一百五十多篇短篇小說，以及其他關於劇本、散文論文等各種作品，他甚至曾直言不諱的向讀者宣稱：「寫作只是為了金錢。」他可說是世界文學史上最早的商業作家之一，被譽為商業作家的先鋒。

由於特殊的背景和經歷，在他的作品中，不乏以淘金熱為時代背景的故事，例如《野性的呼喚》的主角巴克，就是因為北方的淘金熱需要更多雪橇犬，結果從無憂無慮的大莊園被賣到天寒地凍的克朗代克河。至於《白牙》也是如此，不過在主題上剛好跟《野性的呼喚》形成對比，講述一隻有著狗血統的野生小狼——白牙，如何從荒野來到人類社會，最後接受馴化的過程。

一如傑克·倫敦本人從小面對的嚴酷，白牙身處的荒野同樣無情，完美體現了大自然為所有生命帶來的挑戰。可是，來到人類社會裡的白牙，並非從此過著幸福快樂的生活，反而見識到了另外一種由人性的狡獪和暴虐所帶來的殘酷。而這些外在的影響無一不體現在白牙的身上，讓他變成了暴力的結晶，成為令人聞風喪膽的「戰狼」。

在傑克．倫敦的筆下，就是如此赤裸裸向你展現生命的真實，不論天生的本性如何，在面對弱肉強食、適者生存的世界，似乎只能屈服於這道法則之下才得以生存。但這並非是他要告訴我們的全部，如同他自己的人生經歷所體現的，就算受到環境的摧殘和迫害，在生命的最深處仍然存在改變的可能性。而這個改變的契機，在《白牙》這本小說裡，就是白牙的新主人帶來的愛與良善。

此次華方文化以《白牙》一九〇六年的英文版本為範本，重新編譯這本經典文學，希望讓讀者可以感受到這位被稱為美國二十世紀現實主義作家，如何在小說中呈現出他的細微觀察和文字敘述，以及蘊藏在故事中對生命和自我的看法。另外，被認為是傑克．倫敦經典之作《野性的呼喚》也在重新編譯後同步出版。

希望在二十一世紀重視生命教育的現在，透過巴克與白牙的故事，讓大家對於生命的關懷與體悟有更深的感受和領會。

來自各方的推薦語

動物眼中的人類到底是什麼模樣？人與動物到底又有什麼區別？愛動物的你我絕不能錯過這本好書。

——倪京台／台灣動物緊急救援小組（ARTT）執行長

《白牙》一書中的主角白牙，原本是在荒野中成長，帶有狼性基因的混血，卻在愛的對待下，變成一隻家犬。

《野性的呼喚》裡的巴克，原本是一隻家犬，後來卻被環境遭遇塑造成荒野裡的狼。在面對一次又一次的困境與難關所呈現的勇氣，以及與最後一位主人桑頓之間的關懷與愛，也讓我們能體會到不同物種生命間，的確有超乎語言可描述的情感。

傑克．倫敦這兩部作品，剛好是從兩個不同的極端來突顯環境對一個生命的影響。生物為了在不同的環境裡生存，會改變原有的行為與生理表徵，因此，讓孩子在一個正面積極且良善的環境中成長，是我們每個大人的責任，這也是《白牙》與《野性的呼喚》帶給我們的省思。

——**李偉文／荒野保護協會榮譽理事長／作家**

禪宗說狗子有佛性。佛教把動物歸為畜牲類，是和我們一樣有情識活動的生命，甚至有時比人類更有情有義。

——**依空法師／佛光山文化院院長**

在快節奏、數位科技主導的現代社會中，我們常常忽視自然的力量與生命的本質。傑克．倫敦的《野性的呼喚》和《白牙》透過動物的視角，帶領我們重新審視自然與文明的關係。這些精彩的動物冒險故事，更是精神上的啟示，提醒我們回歸本真，尋求內心的自由與平和。

——**黃貞祥／國立清華大學生命科學系副教授／GENE思書齋齋主**

同為傑克・倫敦的動物主題名著，《白牙》和《野性的呼喚》的故事線卻大相徑庭。本書主角從嚴峻的野生環境到被馴化，最後再回歸大自然，作者對於為生存而奮鬥以及人與動物之間互動的描述，非常精彩，我推薦大家閱讀本書！

——**曾知立／希平方 HOPE English 創辦人**

這則二十世紀初的「人類征服自然」寓言，值得身處全球生態危機的我們一讀再讀。

——**黃文儀／台大中文系兼任助理教授**

這是一個會讓你感到無比心疼的故事！純粹又無私的忠誠，最後卻因利益而支離破碎，但唯一能拯救他的，卻似乎只有人類的愛……「是不是能再一次相信人類？」發人省思！」

——**李惠貞／新月書屋主編老師**

如果說《小王子》是每個人「追尋幸福」的旅行，《白牙》為我們展示了，個體在不同群體中，「幸福」的不同可能與辯證。

——**陳蒂／陳蒂國文創辦人**

PART 1

冰封的荒野之地

比爾與亨利領著一群雪橇犬，拖著一只長形木箱踽踽前行，越過冷冽的蠻荒之地，四周傳來陣陣狼嚎，餓到發狂的狼群一路尾隨，狗的數量不斷減少，比爾決定射殺母狼進入樹叢，留下亨利與僅存的兩隻狗，誰會是最後的倖存者……

獵物的蹤跡

黑壓壓的雲杉林在結凍的河道兩旁陰沉地佇立著，覆蓋在樹上的白色霜凍被剛剛颳起的風吹落，棵棵樹都顯得歪斜，在陰鬱、不祥的暮色中依偎得更加靠近了。一片寂靜籠罩著這片大地，荒涼，沒有生機，了無動靜。如此孤寂而寒冷，就算用悲傷也不足以形容。其中，藏著一抹笑意，但那抹笑意卻比悲傷要更令人害怕，就如斯芬克斯（Sphinx，古埃及神話中背上長著翅膀，有著女人頭臉與獅子身軀的怪物）的微笑般不帶歡樂，一種如冰雪般寒冷，帶著不可撼動的威嚴。這是永恆、卓絕而又不可言傳的智慧，對於生命的徒勞及其努力所做出的嘲笑。那就是荒野，野蠻又冰冷的北地荒野。

儘管如此，在這荒野裡依舊有生命活動著，充滿著反抗的氣息。沿著結凍的河道，一列凶惡如狼的狗艱難地跋涉著。粗硬的皮毛上覆蓋著霜雪，呼出的氣體在空氣中凝結，就像噴出的蒸氣，形成霜雪的結晶落在他們的皮毛上。他們身上套著皮具，後面拖著一架沒有滑板的雪橇。雪橇是用堅硬的樺木製成的，服貼在雪地上。雪橇的前端有如卷軸般向上翻起，在鬆軟的白雪如浪一般湧動時可以順利滑過。雪橇上牢牢綁著一個又長又窄的長方形箱子。此外還有些其他東西，像是毯子、斧頭、咖啡壺與平底鍋，不過最突兀的還是那個占據了大部分空間的狹長箱子。

狗隊的前頭有個穿著寬大雪鞋的男人正賣力前行，雪橇後方的另一個男人，同樣艱辛地緊跟在後。而雪橇上的箱子裡則躺著第三個男人，他的跋涉已經告終。荒野征服了他，將他擊倒，直到他再也無法動彈、掙扎。荒野不喜歡有任何動靜，而生命對它正是一種冒犯，因為生命的存在本身便造就了動靜，荒野的目標永遠指向摧折動靜。它凍結水流，阻止它們奔向大海，它逼出樹木的汁液，直到它們強韌的心臟凍結。然而，最凶猛、可怕的是，荒野無情地抑制與輾壓那些不願屈從於它的人，那些不安分的人，那些對於「所有動靜終將止息」這句格言有所反抗的人。

但是這一前一後尚未死去的二人毫無畏懼，依舊頑強地跋涉。他們身上裹著柔軟的毛茸與皮革。睫毛、面頰與嘴唇覆滿了伴隨著呼吸所凝結的冰珠，以致面目變得難以辨認，更使他們看起來像是戴著鬼面具般，彷彿是幽冥世界舉行某個靈魂喪禮的承辨人。實際上在面具底下，他們都只是凡夫，正在深入這片土地的荒涼、嘲弄與沉靜，他們是一心想要進行宏大探險的渺小探險家，對抗著一個像是太空深淵般沒有盡頭、陌生而無甚脈動的世界。為了節省氣力，他們不發一語地繼續前行。四周一片寂靜，這寂靜似以一種有形的存在壓在他們身上，如同身處深水之中巨大水壓對於潛水夫的壓迫一般，對他們的心靈產生了影響。它以一種無盡浩瀚又不可撼動的巨大威力壓迫著他們，逼迫他們退縮到自己心靈的最深處，彷彿榨擠葡萄汁那樣，將人類靈魂中所有的狂妄、熱情、驕傲與過度膨脹的自尊、自重，全都給榨乾，使他們終於發現自己不過是微不足道的塵埃，只是憑藉著低劣的狡猾，還有一點點的小聰明，在這偉大、難測的力量下活動著罷了。

一個小時過去了，下一個小時接著流逝。短暫、晦暗的白日光線漸次褪退。此時，遠處傳來微弱的嚎嘯聲劃破了寂靜，音高急速翻揚拔尖，迴盪之間傳遞出了顫抖與緊繃，接著才慢慢消散。要不是帶著明確淒絕的狠勁與飢餓的渴求，那簡直就像是個迷失的靈魂正在號泣。在前的男人回過頭來，與後頭的那人隔著狹長的木箱交換了眼神，相互點了點頭。

第二聲嚎嘯接續響起，有如銳針般刺破靜寂，這兩個男人辨識出了聲音的來處。

就在後頭，就在方才他們走過的雪地某處。第三聲嚎嘯繼之呼應而起，同樣也來自後頭，就在那第二聲嚎嘯的左方。

「他們就跟在後頭，比爾。」走在前頭的男人說。他的聲音聽來沙啞孱弱，說話極為吃力。

「獵物難尋，」他的同伴說著，「我有好幾天沒有見到兔子的蹤跡了。」

自此他們便不再交談，只是豎起耳朵細聽著身後持續響起的嚎嘯追獵聲。

夜幕降臨後，他們把狗趕進河道邊緣的雲杉樹叢並搭起了營帳。停放在營火旁的棺木便充作餐桌與座椅。狼狗聚在營火稍遠處吠叫爭鬥著，顯然沒有任何一隻想要離群走進黑暗裡。

「亨利，我想他們會就待在營帳附近。」比爾這麼說。

亨利蹲踞在火堆邊，把一塊冰丟進了咖啡壺，點了點頭。直到他坐上棺木並開始吃起東西才開口說話。

「他們知道藏身何處才安全，」他說，「他們知道搶食總比被吃好。這些狗啊，可是聰明得很。」

比爾搖了搖頭：「喔！這我可不確定。」

他的夥伴好奇地盯著他：「這可是我頭一遭聽你說他們未必聰明吶！」

「亨利，」他嚼著滿口的豆子從容地說，「你有沒有注意到我餵那些狗的時候，他們躁動的樣子？」

「是比平常毛躁了些。」亨利認同地說。

「我們有幾隻狗啊？亨利。」

「六隻。」

「嗯，亨利……」比爾頓了一下，好顯得接下來要說的話至關重大，「聽著，亨利，我們是有六隻狗。所以我從袋子裡拿了六條魚出來，餵給每隻狗一條。但是，亨利，最後卻不夠一條。」

「你算錯了啦。」

「我們有六隻狗，」他平緩地重申，「我拿了六條魚出來。單耳（One Ear）卻沒吃到，所以我又回頭從袋子裡拿了一條給他。」

「我們明明只有六隻狗啊！」亨利說。

「亨利，」比爾接著說，「我不認為那兒全是狗，但吃了魚的確實有七隻。」

亨利擱下了吃食，隔著營火望了過去，數算起了狗隻。

「現在就是六隻啊！」他說。

「我看到另一隻穿過雪地跑走了。」比爾冷靜而篤定地說，「我看到了七隻。」

他的同伴憐憫地看著他說，「這趟旅程結束後，我肯定樂不可支。」

「你這是什麼意思？」比爾反問。

「我的意思是，我們這趟運送的東西把你搞得緊張兮兮的，害你開始看到些有的沒的。」

「我本來也想說是這樣，」比爾嚴肅地說，「所以在我看到他穿過雪地跑走時，特意看了一下地上的雪，那上頭還留有足跡。於是我算了一下，還是六隻狗呀！足跡還留在雪地上，你想看看嗎？我帶你去。」

亨利並未應聲，只是靜默地咀嚼著，直到餐後喝下最後一杯咖啡。他用手背擦了一下嘴後說：「所以，你覺得那是……」

一聲淒厲的長嚎從夜色的某處傳來，打斷了他的話。他停下來凝神細聽，然後將手朝聲音的方向揮了揮，接著說道，「是他們其中一隻嗎？」

比爾點了點頭，「我寧可相信是這樣，而不是什麼其他的。你也注意到了，狗群從剛才就在騷動著。」

一聲接著一聲的長嚎，此起彼落的回應著，澈底劃破了寂靜。嚎嘯聲從四面八方傳來，狗群因為恐懼擠成了一團，拚命地靠近火堆，近到連身上的毛都因為熱氣而燒焦。比爾朝火堆扔進了更多柴薪，然後點燃他的菸斗。

「我覺得你有些消沉。」亨利說。

「亨利……」比爾抽了幾口菸，沉默了一會兒接著說，「我在想，他比我們倆都幸運得多了。」

比爾的拇指朝下，指著他們所坐箱子裡的第三個人說道：「你和我，亨利，我們死的時候，如果能弄到足夠的石頭來覆蓋我們的屍體，讓狗兒遠離我們，那就算是幸運的了。」

「但是，我們不像他，有人、有錢，還有其他的一切。」亨利說，「這趟長途喪葬的費用，不是你我負擔得起的。」

「我實在不明白，亨利，像他這樣的傢伙，在自己的國家應該是個貴族或什麼的，從來就不愁吃穿，為什麼要跑來這個上帝遺棄的地方，實在讓人摸不著頭緒。」

「如果他待在家裡，或許能夠壽終正寢。」亨利表示同意。

比爾本想開口說話，卻又改變了主意。他朝著四面八方有如圍牆般的黑暗指了指，在這漆黑之中看不出任何東西的模樣，只見一雙眼睛像燒熱的煤炭般閃爍著。亨利用頭示意了第二雙、第三雙眼睛。一雙雙閃爍的眼睛圍繞在他們的營地附近。這一雙雙的眼睛時不時地移動著，或者消失了一下之後又再度出現。

那幾隻狗焦躁不安的情狀越來越強烈，在突如其來的恐懼中全竄到了火堆附近，畏縮在男人的腳邊匍匐著。慌亂之中，有一隻狗被擠翻到了火堆的邊緣，因為被火燒到而痛得驚慌吠叫，空氣中瀰漫著毛髮燒焦的氣味。這陣騷動使得環繞在周圍的一雙雙眼睛不安地移動了一下，甚至退縮了一點，不過隨著狗群安靜下來，周圍再度回復了平靜。

「亨利，彈藥快用完了，真是他媽的倒楣。」

比爾抽完菸後，在那堆晚餐前鋪排於雪地的雲杉樹枝上，為同伴又疊上了皮毛與毯子作為床鋪。亨利一邊嘟噥著，一邊解開了他的鹿皮鞋帶。

「你說還剩下多少子彈？」

「三發。真希望是三百發！媽的，要是有三百發子彈，我真想讓他們見識見識。」

他憤怒地對著那幾雙閃爍的眼睛揮舞著拳頭，然後小心翼翼地把自己的鹿皮鞋子架在火邊烤了起來。

「真希望這樣的天氣快點結束。」他接著說，「兩個星期以來，氣溫都在零下五十度。要是沒接下這趟工作就好了，亨利。我不喜歡這個樣子。不知道怎麼搞的，我老覺得不太對勁。要是能夠實現一個願望，我真想這趟行程就此結束，然後你跟我坐在麥奎利驛站的火爐邊刁牌，那才是我想要的。」

亨利嘴裡邊嘟噥邊鑽進被窩。才剛入睡，那又被他的同伴給吵醒。

「亨利，你說說看。如果另一隻東西進來吃了一條魚，為什麼狗兒沒有攻擊他？這就是我困惑的地方。」

「比爾，你想太多了。」亨利睡眼惺忪地回應。「你以前從來不會這樣。你現在應該閉上嘴，然後去睡覺，到了明天早上一切都會沒事的。你的胃在發酸，所以才會這樣。」

他們同睡一個被窩，沉沉呼吸下並排躺著。營火漸漸熄滅，那幾雙閃爍的眼睛越來越靠近他們圈起的營地範圍。狗群不安地聚在一起，在那些眼睛逼近下，不時發出威脅性地咆嘯。一陣陣的喧囂吵醒了比爾。他躡手躡腳鑽出了被窩，盡可能不吵醒同伴，並朝火堆裡扔進了更多的柴薪。火光再度燃起之後，圍在附近的那幾雙眼睛向後退遠了些。他不經意瞥了蜷縮在一起的狗兒，揉了揉眼睛，再仔細看了看，接著就鑽進毯子裡去了。

「亨利！」他叫道，「嘿！亨利！」

亨利被比爾從睡夢中叫醒，不耐地問：「現在又怎麼了？」

「沒什麼。」比爾回答，「只是我數算了一下，現在又有七隻了！」

亨利嘟噥著表示聽到比爾說的話了，隨即又進入了夢鄉，鼾聲大作。

亨利一早醒來便將同伴叫醒，雖然已經六點了，但天色還要三個小時才會轉亮。

亨利摸黑準備早餐，而比爾捲起毯子，備好雪橇，並綁好了行李。

「嘿！亨利。」他突然問道，「你說我們有幾隻狗？」

「六隻」

「錯！」比爾自信地說。

「又是七隻？」亨利問。

「不，是五隻。有一隻不見了！」

「該死！」亨利怒吼了一聲，扔下手中的炊具跑來數狗。

「你說的對，比爾。」他得到了一個結論，「阿肥不見了。」

「阿肥只要跑起來，就像是腳底抹了油一樣的飛快，一眨眼、一溜煙就不見了。」

「根本毫無機會啊！」亨利總結的說，「他被活生生地給吞了。我敢打賭，他在落入狼群口中的時候一定在苦苦哀號。該死的傢伙！」

「他一直是隻蠢狗啊。」比爾說。

「但是，再笨的狗也不會傻到跑出去自尋死路啊！」他瞇起眼睛仔細掃視著狗兒們，隨即點出他們個別的特徵。「我敢打賭其他的狗不會那麼做。」

「就算用棍棒也無法把他們從營火附近趕開，」比爾同意道：「我老覺得阿肥好像怪怪的。」

這就是一隻北方荒地死狗的墓誌銘——比起許多狗或人來說，要貧乏多了。

紅毛母狼

吃過了早餐，他們將那輕簡的營帳裝備綁上雪橇，轉身背對還在燒著的營火，繼續投向深黯的旅程。此時，四周再度傳來了淒厲的嚎嘯，穿透這片黑暗與寒冷，彼此呼應著。他們停止了交談。九點，天光才漸漸顯露。正午時分，南方的天空染上了溫暖的玫瑰色，映襯出了正午太陽與北國大地之間地表起伏的輪廓。但這玫瑰色很快便退去了，灰濛濛的天光延續到了三點，暗去之際也是北極夜晚的沉黯籠罩這孤寂靜默大地的時分。

隨著夜幕降臨，四方嚎嘯的追獵聲越來越近——近到數度讓跋涉中的狼狗因不安而突現一陣陣的恐慌。

某波的恐慌躁動平息之後，比爾在與亨利重新繫好繩具後說道：「真希望他們到別的地方尋找獵物去，離我們遠一點。」

「他們真的很緊張吶。」亨利語帶同情。

接著，便不再交談，直到把營地紮好。

亨利彎下腰把冰塊加入煮沸的豆子鍋裡，這時聽見了一記重擊的悶響，伴隨著比爾的吼叫，還有從狗群傳來的尖聲哀號。他隨即挺起身子，正好看到一道模糊的身影從雪地消失並躲進了黑暗的庇護。接著映入他眼裡的，是比爾站在狗群之中，神情半是得意、半是頹沮，一手拿著結實的棍子，另一手則是條只剩下尾巴與部分身體的鮭魚乾。

「他搶走了半條，」比爾宣布似地說道，「不過我也給了他一記。你有聽到他的哀號嗎？」

「他長得什麼樣啊？」亨利問道。

「看不清楚。反正就是四條腿、一張嘴還有一身毛，看起來跟狗沒兩樣。」

「我猜一定是被馴養過的狼。」

「那還真被教得他媽的好！竟然還在餵狗的時間跑來搶魚吃。」

這天夜裡，他們吃完晚餐坐在那口長箱上抽起菸斗，那一圈閃爍的眼睛要比之前更加接近了。

「真想他們遇上一群駝鹿或什麼的，把他們引開，讓我們獨自待著。」比爾說道。

亨利嘟噥了一聲，顯然並不全然贊同，他們沉默地坐了一刻鐘，亨利盯著火堆，而比爾則是瞪視著火光後頭黑暗裡炯炯如焰的那圈眼睛。

「真希望我們現在就已經抵達麥奎利了。」他再度碎念起來。

「閉嘴，少在那邊幻想。」亨利惱怒地吼道，「你啊，只是胃酸過多，那就是你的問題所在，去喝一匙藥會讓你舒服點，然後當個讓人愉快的旅伴。」

一早，亨利就被比爾連珠炮似的咒罵吵醒，亨利用手肘撐起身體，就看著他的同伴站在狗群間，在添了柴薪的火堆旁揮舉著雙臂，臉部因激動而扭曲。

「嘿！」亨利問道，「現在又怎麼啦？」

「法國佬不見了。」他如此答道。

「不會吧！」

「我告訴你，是真的。」

亨利從毯子裡跳了起來奔向狗群，他仔細地數了又數，然後和比爾一起詛咒起奪走他們另一隻狗的荒野勢力。「法國佬是這群狼狗之中最強壯的。」比爾最後一句這麼說道。

「而且他也不是一隻傻狗啊！」亨利補充道。

就這樣，兩天內寫下了第二段墓誌銘。

陰鬱地吃完早餐，他們為僅存的四隻狗安上雪橇的拖具。這一天重複著過去幾天的情景，他倆在冰封的世界裡默默無語地前行。一片無以打破的沉靜中，只剩下追獵者的嚎嘯聲，而且就尾隨在無以見蹤的某處。午後天色便已降下黑幕，這些追獵者的嚎嘯照舊步步進逼，狗兒開始不安、躁動，陷入驚懼，雪橇的繩具在恐慌中糾纏在一起，也使得這兩人更加沮喪。

「好了，這樣你們這些蠢貨就沒法亂跑了！」這晚比爾站直了身子說著，顯然對於自己的傑作相當滿意。

亨利放下炊煮的器具湊了過來。他的同伴不僅將狗兒綁了起來，還模仿印地安人的方法用木棍架住他們。他在每隻狗的脖子上繫了皮繩，而且非常靠近脖子，好讓狗兒咬不到。然後在皮帶上綁了一根四到五英尺的堅硬木棍，木棍的另一端則用皮繩繫在固定於地的木樁上。如此一來，狗兒不但無法咬到自己這端的皮繩，木棍也讓他們無法啃咬另一端。

亨利贊許地點了點頭。

「這是唯一能管住單耳的辦法，」他說，「他的齧咬像刀子一樣俐落，可以很快就把皮帶咬成兩半。這樣他們就能安妥地在這裡待到早上了。」

「儘管打賭，」比爾堅定地說，「要是再少了任何一隻，就罰我沒有咖啡喝。」

「他們就是吃定我們不會開槍，」亨利在就寢的時間向四周環伺的閃爍眼光說，「要是我們朝他們開個幾槍，他們就會放尊重點。他們一晚比一晚靠近。避開火光仔細看那兒！你有看到那隻嗎？」

這兩個男人就著火光，看著那些游移的模糊身影消磨了好一陣子。只要緊盯著黑暗中某對熊熊烈火般的眼光瞧，就可以慢慢描摹出那隻畜牲的身形。有時甚至可以看出身影的移動。

狗群間的一記聲響吸引了他倆的注意。是單耳急切又焦躁的嚎嘯，他拉扯著綁束在身上的木棍，直想往黑暗裡衝去，還不時地停下來，企圖用他的利牙攻向木棍。

「比爾，你看！」亨利悄聲地說。

在熾盛的火光中，有隻像狗的傢伙鬼祟地溜近，舉動大膽又謹慎，警戒著這兩人的動靜，注意力則投向了狗群。單耳使勁地拉扯木棍，朝著這入侵者吠叫。

「笨蛋單耳好像不怎麼害怕吶！」比爾壓低聲音說。

「那是隻母狼。」亨利悄聲回應，「難怪阿肥跟法國佬會中計。她只是陷阱裡的誘餌，先引誘出一隻狗，接著他們再一擁而上吃了狗兒。」

營火劈啪作響，一部分的柴薪爆裂開來。那隻入侵者聽到這聲響便又立刻隱身黑暗之中。

「亨利，我在想……」比爾說。

「想什麼？」

「我在想她就是被我用棍子敲了一記的那一隻。」

「應該錯不了。」亨利回應著。

「我想說的還有一點，」比爾繼續說，「區區一頭畜牲竟對營火如此熟稔，實在是既可疑又邪惡。」

「她懂的一定比一般高傲的狼要多得多。」亨利附和地說，「一隻曉得在餵食時間混進狗群的狼，肯定是老經驗的了。」

「老維廉有隻狗跟著狼群跑了，」比爾想了一下大聲地說，「我早該想到。我在小史提克的一處駝鹿牧場外，射中了狼群中的他。老維廉哭得像個小嬰孩似的。他說已經三年沒看到他了，原來班一直跟狼在一起。」

「我想你說對了，比爾。那隻狼其實是隻狗，不知從人的手中吃過多少魚了。」

「要是讓我逮到機會，那隻混作狼的狗就會變成盤子裡的肉。」比爾如此揚言，

「我們禁不起再失去任何一隻狗了。」

「但你只有三發子彈。」亨利異議道。

「我會等待致命一擊的適當時機。」他這麼回應。

一早，亨利在同伴的沉重鼾聲下，重新燃起營火準備早餐。

「你也睡得太舒服，」亨利拉他起來吃早餐，說道，「我都不忍心叫醒你了。」

比爾睡眼惺忪地吃著早餐，並注意到自己的杯子是空的，想要伸手去拿水壺卻搆不著，水壺在亨利的身邊。「喂，亨利，」他輕輕地呵斥，「你是不是忘了什麼？」

亨利小心翼翼地左右打量，搖了搖頭。此時，比爾舉起了手中的空杯子。

「你可沒咖啡喝喔！」亨利宣布道。

「咖啡沒了嗎？」比爾焦急地問。

「不是。」

「你是覺得咖啡會傷我的胃？」

「不是。」

此時，比爾因為惱怒而脹紅了臉。

「那麼，就請你趕緊說清楚。」他說。

「腿哥不見了。」亨利答道。

像是接受了這不幸的事實，比爾鎮定地轉過頭去，在原地點算著狗兒。

「這是怎麼回事？」他冷冷地問。

亨利聳了聳肩：「不知道。除非是單耳咬斷皮繩，否則腿哥自己是辦不到的，這我很肯定。」

「可惡的傢伙！」比爾絲毫沒有流露心中的憤怒，只是沉著並緩緩地說，「他該不會是咬不到自己的皮繩，所以把腿哥的繩子給咬斷了？」

「好吧，無論如何，腿哥的苦難已經結束了。我猜他此時已經被消化入腹，分別在二十隻狼的肚子裡，隨著他們在這荒地裡逍遙自在了。」這是亨利對這隻最新丟失的狗寫下的墓誌銘。「來點咖啡吧！比爾。」

不過比爾卻搖了搖頭。

「喝吧！」亨利一邊央請，一邊舉起了水壺。

比爾把杯子推到一邊，說：「我喝了，可就成了渾球了。我說過，要是再有一隻狗消失，我就沒咖啡喝，所以我不喝了。」

「這咖啡真是好啊！」亨利引誘地說。

但比爾非常固執，他嚼著口中乾巴巴的早餐，不停地對著單耳嘟噥咒罵，他認定就是單耳玩了什麼把戲。

「今晚我會把他們綁在搆不到彼此的地方！」說完，他們就上路了。

他們走了不到一百碼，前頭的亨利彎下了腰，撿起了雪鞋踢到的東西。天很黑，他看不見，但他用摸的認了出來。接著他扔了回去，卻打到雪橇彈了起來，直到它彈到了比爾的雪鞋上。

「或許你工作時會用到這個。」亨利說道。

比爾發出一聲驚呼。這就是腿哥僅剩的一切——綁在他身上的那根棍子。

「他們連皮帶骨地吃了。」比爾說道，「這根棍子被啃得乾淨溜溜的，連兩端的皮繩也不剩。他們真的是餓瘋了，亨利。這趟旅程結束以前，恐怕我們就會被他們給吞了。」

亨利輕蔑地笑了起來，說：「我以前可從來沒有被狼這樣跟蹤過，但我經歷過更糟糕的事，還是活得好好的。比爾，孩子啊！就算有更多這樣討人厭的畜牲跑來，也傷不了我。」

「這我可不知道……我不知道啦……」比爾不安地嘟噥。

「好吧，等我們到麥奎利，你就知道了。」

「我不怎麼提得起勁。」比爾執意地說道。

「你臉色很差，我想這就是你的問題所在。」亨利說教似地說，「你需要的是『奎寧』，等我們到了麥奎利，就趕緊給你買藥。」

比爾咕咕噥噥地對亨利的說法不以為然，然後便陷入了沉默。這一天就跟之前沒什麼兩樣，天色在九點鐘亮起。到了十二點，藏在南方地平線下的太陽帶來了一絲暖意。接近傍晚，世界就變成了冷灰色。三個小時後便進入了黑夜。

就在太陽徒勞地出現之後，比爾從雪橇抽出了綁在上頭的步槍，說：「你繼續往前走，亨利。我要去看看有些什麼。」

「你最好待在雪橇邊。」他的同伴反對地說，「你只有三發子彈，天知道會發生什麼事吶！」

「現在是誰在聒聒叫啊？」比爾意氣昂揚地說著。

亨利沒再應答，獨自蹣跚前行，只是不時把焦急的目光投向同伴身影隱沒的灰冷荒地。一個小時過後，比爾抄捷徑來到了雪橇必經之地。

「他們四散在各處，」他說，「一邊跟著我們，一邊尋找獵物。你看，他們視我們為囊中之物，只是他們也知道得要伺機才能夠拿下我們。而這段期間，他們也解決掉了附近所有能吃的東西。」

「你是說他們自認可以拿下我們？」亨利顯得不以為然。

然而比爾並未加以理會，「我看到其中幾隻非常削瘦。我想除了阿肥、法國佬和腿哥，他們已經好幾個星期沒吃過東西了。而且他們數量龐大，僅僅如此怎麼夠吃。他們實在很瘦，肋骨有如洗衣板，前胸貼後背的。他們已經絕望至極，我可以告訴你，他們絕對會瘋起來的。小心點啊！」

過了幾分鐘，正在雪橇後頭押隊的亨利吹了低低的一聲口哨示警。比爾轉頭看了看，悄聲地阻止狗兒前進。後方，就在他們剛剛轉過的那個彎附近，清楚地看到了一個毛茸茸鬼祟快步前進的身影，鼻子緊貼路上的形跡，以一種奇特、滑溜而輕盈的方式小步奔前。當他們停住腳步，這傢伙也停了下來，仰起頭來鎮定地盯著他們，並張翕著鼻孔嗅著，研究他們的氣味。

「是那隻母狼！」比爾輕聲地說。

狗兒全都趴在了雪地上，他繞過狗群來到雪橇後頭加入他的同伴，一起盯著這隻已經追蹤他們好幾天，而且毀掉他們半支狗隊的奇怪動物。

經過了一番的審慎觀察，這傢伙向前小跑了幾步。就這樣反覆了好幾回，直到距離他們不到一百碼的位置停下，在雲杉樹叢旁仰起了頭，又看又聞地揣測著這兩個打量她的人。在展現出像狗一般的行徑之後，她以一種奇怪的渴望眼神盯著他們，而那樣的渴望裡頭並不帶著如同狗兒一般的情感。那是一種由飢餓醞釀而出的渴望，恰似她的利牙那般的殘酷，又如冰霜一般的無情。

以一隻狼來說，她的體型不小，瘦削的骨架在在顯示出她是同類之中算大的。

「她站起來，肩高接近兩英尺半。」亨利評論道，「我敢打賭，她的身長不下五英尺。」

「以狼而言，她的顏色有點怪，」比爾也評論道，「我從沒見過紅色的狼，在我看來幾乎就像是肉桂色。」

當然，那傢伙不是肉桂色的，她的皮毛是典型的狼毫。體色還是灰的，只是隱約帶著一絲絲的紅——這種紅令人迷惑，若隱若現，讓人視覺混亂。有時是灰色的，明確的灰，有時又閃現出一種模模糊糊的紅，這種顏色很難用一般的經驗去辨識。

「她看起來完全就像隻大型的哈士奇雪橇犬。」比爾說，「就算看到她搖尾巴，也沒有什麼好驚訝的。」

「嘿，你這隻哈士奇！」他叫道，「過來呀！不管你叫什麼。」

「她一點也不怕你。」亨利大笑著說。

比爾帶著威脅意味地朝她揮了揮手，並大聲叫喊著，但這傢伙並沒有顯露害怕的神色。他們唯一注意到的改變，就是她更加警覺了，卻仍然以那種飢餓無情的渴切眼神盯著他們。他們是肉，而她很餓。如果她夠大膽，就會過來吃了他們。

「看這裡，亨利。」比爾不自覺地將說話的音量降到幾近低語，因為他的心底正打量著什麼。「我們有三發子彈，但是這得要一擊命中，不能有閃失。她已經奪走我們三隻狗了，我們得阻止她。你覺得呢？」

亨利點頭表示贊同。比爾小心翼翼從雪橇繫帶下取出槍來。就在他把槍抬到肩窩，還沒來得及抵緊的瞬間，母狼一個側身從小徑旁跳進了雲杉樹叢裡消失不見了。

兩人面面相覷。亨利像是想到了什麼，吹了聲長長的口哨。

「早該料到會這樣！」比爾大聲地自責著，同時把槍放回原處，「當然，一隻會在餵食時間混進狗群的狼，肯定對槍瞭若指掌。我告訴你，亨利，那傢伙就是我們所有麻煩的根源。如果不是因為這隻母狼，我們現在應該要有六隻狗，而不是三隻。我告訴你，亨利，我一定要逮到她。她太聰明了，不可能在眾目睽睽下被射殺。但我會採取伏擊，這奇襲一定會成功的，我可是大名鼎鼎的比爾吶！不會出錯的。」

「那你可別走得太遠！」他的搭檔告誡著，「一旦狼群展開攻擊，那三發子彈不過就像是在地獄裡大喊三聲一樣。他們非常飢餓，一旦行動，就絕對會拿下你的，比爾。」

那晚，他們早早便紮營了。三隻狗拖不動雪橇，也沒有六隻拖得那麼快、那麼持久，可以明顯看出已經筋疲力盡了。他們倆也早早就寢了，比爾首先將狗兒都拴好，而且確定他們無法啃咬到彼此。

然而狼群卻越來越大膽，不止一次將他們從睡夢中驚醒。狼群逼身得如此之近，狗兒嚇得躁動騷亂，必須不時添加柴薪讓營火燒得更旺，好跟那些冒險的掠食者保持更安全的距離。

「我曾聽水手談論起沙魚跟著一艘船的事，」比爾某回補充好柴薪鑽回毯子後說：「沒錯，狼就像是陸地上的沙魚，比我們更熟悉這個地方。他們跟著我們，可不是跟來身體健康的。他們要拿下我們，肯定會拿下我們的，亨利。」

「瞧你這麼說的，看來你已經被狼群拿下半條命了。」亨利尖銳地反駁，「要是一個人說自己要輸了，就已經先輸一半了。你啊！你已經被狼群吞掉一半了啦！」

「他們曾經幹掉過比你我都更強的人。」比爾回應道。

「好了！閉上你的烏鴉嘴，聽得我都累了。」

亨利生氣地翻過身去，但令他驚訝的是，比爾並沒有對他發脾氣。這可不像是比爾，他是很容易被尖銳言辭激怒的。亨利入睡前想了許久，在他的眼皮垂下即將睡去之際，心底盤算著，「毫無疑問，比爾的心情非常低落，明天得給他打打氣才行。」

飢餓的嚎嘯

這一天開始得相當順利，前一晚並未失去任何一隻狗，他們神情輕鬆地出發上路，走入寂靜、黑暗與寒冷之中。比爾似乎已經忘卻了昨夜的不祥預感，中午時分，狗兒拉著雪橇在一段糟糕的路上翻覆了，比爾甚至逗弄起他們來。

這是個棘手的混亂狀況，雪橇整個上下顛倒，卡在一棵樹與一塊巨大岩石之間，他們不得不解開狗兒的繩套才能理清這團混亂。正當兩人彎下腰試圖把雪橇扶正，亨利注意到單耳悄悄地溜開了。

「喂，站住，單耳！」他挺直身子轉過身來對著那隻狗叫道。

不過單耳卻突然在雪地上跑了起來，身後還拖著繩索。就在那裡，他們走過的雪地，有隻母狼正在等著他。單耳在接近母狼後，突然變得謹慎起來。他放慢腳步提高警覺，向前走了幾步後停了下來，既懷疑又充滿渴望地打量著對方。母狼彷彿在對他微笑，以討好而不具威脅的樣子露出牙齒。母狼嬉鬧似地朝他走近了幾步，然後停在原地。單耳仍然小心謹慎，豎起尾巴和耳朵，昂起頭往母狼靠近。

他試圖和母狼互嗅鼻息，然而母狼卻調皮而羞怯地退後。他每前進一步，母狼就相應的後退一步。母狼一步一步地誘使他遠離人類陪伴的安全地帶。一度，彷彿有種模模糊糊的警覺在他的腦海閃過，他轉過頭來看了看翻覆的雪橇、他的隊友，以及那兩個正在呼喚他的人。

然而，他腦中閃過的所有念頭都被那隻母狼驅散了，母狼朝他跑了過來，互相匆匆地嗅了嗅鼻子，然後在他重新靠近時，母狼再度羞怯地往後退。

此時，比爾想起了那把槍。但是槍卡在了翻覆的雪橇下面，當亨利幫他把雪橇扶正，單耳已經靠那隻母狼太近，距離他們太遠，無法冒險開槍了。

單耳太晚意識到自己的錯誤。在他們兩個還沒弄清楚是怎麼一回事之時，只見單耳轉身跑向他們。接著，看見十幾隻消瘦的灰狼衝出雪地，從小徑的側面快速挺進，截斷單耳的退路。瞬間，母狼的羞怯與調皮消失了，她咆嘯著撲向單耳。單耳以肩膀頂開母狼，然而他已經沒有退路，但仍然打算奔回雪橇那兒，於是轉了個方向，試圖繞過狼群逃回去。然而，卻不停地有更多的狼出現，並且加入這場追逐。母狼距離單耳僅有一步之遙，而且緊緊跟著。

「你要去哪裡？」亨利突然問道，並抓住了他同伴的手臂。

比爾甩開了他的手，說：「我受不了了！要是我能夠做些什麼，他們就無法再抓走我們的狗了。」

他拿著槍，衝進了小徑旁的矮樹叢。他的意圖顯而易見。以雪橇為中心，循著單耳繞圈的路徑，比爾打算在狼群逮到他之前，在這圈路徑上的某個點與單耳會合。光天化日之下，他拿著槍，也許可以嚇阻狼群並救出狗兒。

「喂，比爾！」亨利在他身後叫道，「小心點！不要冒險！」

亨利坐在雪橇上看著，完全插不上手。比爾消失在視線之外，不過時不時還可以在矮樹叢與散落的雲杉樹間看見單耳的身影，一下出現一下消失。亨利覺得單耳應該是凶多吉少了。這隻狗專注在自己的危險之中，在狼的外圍跑著；而狼群則在距離較短的內圈持續追逐。一切看起來可能只是徒勞，除非單耳能夠拉開距離，搶在狼群之前穿過圈子回到雪橇這邊。

他們正從不同的點朝同一個位置迅速前進。亨利知道在樹木與矮樹叢後方，狼群、單耳與比爾正在雪地裡的某處。一切發展得太快了，遠比他預想的還要快，他聽到一聲槍響，接著又是連續的兩聲，他知道比爾的彈藥用完了。接著，他聽到了一陣劇烈的吠叫及咆嘯。他認出了單耳痛苦又恐懼的嚎叫，還有狼群中受傷動物的呼號。然後，一切的咆嘯與吠叫停止了，寂靜再次籠罩這片荒寂的大地。

他在雪橇上呆坐了許久，沒有必要去探查究竟，因為一切彷彿就發生在他的眼前。他曾一度猛然驚醒，迅速地從雪橇上抽出斧頭。但更多時候他只是坐在那裡抑鬱地沉思，剩下的兩隻狗蜷縮在他腳邊顫抖著。

最後，他疲憊地站了起來，彷彿身上所有的力量都已耗盡。他重新把狗繫上雪橇，接著把一條繩子繞過肩頭充作韁繩，跟著狗兒一起拉動雪橇。他沒能走得太遠，天一暗，便匆忙地搭起營地，並確保有足夠的柴薪。他餵狗、煮食晚餐，接著把榻位鋪在靠近火堆的地方。可是他注定無以安然地在這床上入睡。雙眼還未闔上，狼群已經進犯到安全範圍內了。他不太需要費什麼工夫便能看清楚他們。這些狼已經圍繞著他與火堆，形成了一個狹窄的包圍圈。火光之中可以清晰地看到他們或坐或躺、肚子貼地向前伏進，或者來回遊蕩，甚至有的還睡著了。隨處可見他們就像狗一樣地蜷縮在雪地裡，享受著他現在無法擁有的睡眠。

他讓火就這麼熊熊燃燒著，因為他知道，只有火焰能夠在狼群飢餓的牙齒與自己新鮮的肉體之間形成屏障。他的兩隻狗分別在兩側，緊緊依偎在他的腿邊尋求保護，他們哀號、嗚咽，只要狼靠得比較近一些，便拚命地齜牙低吠。每當狗兒如此吠叫，那一圈狼群便會隨之鼓動，他們會站起來並試探性地向前逼近，齊聲朝他咆嘯。接著又再度趴下，各自繼續打盹。

然而，圍成一圈的狼群似乎不斷朝他逼近。一點一點、一寸一寸地靠近，這裡、那裡都可以看見狼隻肚腹貼地匍匐向前，而這圈子也就越來越窄，眼看這群野獸幾乎就在一躍可及的距離了。於是，他便從火堆裡抓起木棒扔向狼群，他們總會因此而匆忙退後。每當燃著火的木棒擲向一隻過於大膽的野獸，那被擊中而灼傷的狼便會發出憤怒的叫聲與驚恐的咆嘯。

到了早上，這個男人實在既憔悴又疲憊，他因睡眠不足而睜著大大的眼睛，在黑暗中做早餐。到了九點，天色亮起，狼群退散，他便著手展開在漫長黑夜裡所計畫的工作。他砍下了幾株小樹，將它們交叉綁在直立的樹幹上作為檯架。再以雪橇的繩具作為起重繩，在狗的幫忙下，將棺木吊到檯架上頭。

「他們拿下了比爾，也可能逮到我，但他們永遠別想動你，年輕人。」他對著樹上的屍體說。

他再度上路，狗兒頗為甘願地拉著重量減輕的雪橇，因為他們也知道，只有到了麥奎利驛站才是安全的。狼群現在更是公然展開追逐，沉著地跟在後方，兵分兩路遊蕩於兩側，紅色的舌頭耷拉著，從瘦削的側身可以看到他們的肋骨隨著每個動作而起伏。他們瘦到只剩皮包骨——簡直像是覆蓋在骨架上的皮囊，肌肉宛如細繩——如此瘦弱，以致亨利在心裡驚嘆，他們竟然還能站穩腳步，沒有直接癱倒在雪地裡。

他不敢冒險在暗日裡趕路。正午時分，陽光不只溫暖了南方的地平線，太陽的頂端推上了天際，散發著淡淡的金黃光芒。他把這視為一種信號。白晝變得越來越長，太陽正在回歸。他在令人振奮的日光還未完全消逝之前便著手紮營，更利用剩餘幾個小時的灰暗白晝與陰沉暮色，砍回了大量的柴薪。

隨著夜幕降臨，恐懼也隨之而至。不僅是飢餓的狼群更加大膽了起來，睡眠的缺乏也襲向亨利。他不禁打起瞌睡，蜷縮在火堆旁，肩上裹著毯子，膝間夾著斧頭，兩側各有一隻狗緊緊倚著他。他一度醒來，看見前方不過十幾英尺的距離站著一隻大灰狼，那是狼群中體型最大的一隻。即使瞪視回去，那隻畜牲卻像隻慵懶的狗故意地伸了個懶腰，還對著他打哈欠，甚至以一種占有的眼神回應，彷彿他只不過是一頓稍被延宕而即將被享用的餐點。

整個狼群都散發著這般篤定的態度。他能數出有整整二十隻狼，或是飢腸轆轆地盯著他，或是平靜地睡在雪地裡。他們讓他想起圍在餐桌旁的一群孩子，正等著一聲令下就要開動，而他就是他們的食物！他思索著這頓飯將何時開始，又會以什麼方式開動。

正當他往火堆裡添加柴薪，突然對自己的身體產生了一種未曾有過的讚嘆。他觀察著自己活動的肌肉，對手指靈巧的機制感到興趣。藉著火光，他慢慢地反覆彎曲著手指，有時是一根一根地彎起，有時是五指一起彎曲或張開，又或者快速地做出抓握的動作。他研究指甲的構造，時而用力、時而輕柔地戳戳指尖，同時感受著由此產生的神經反應。這吸引著他，讓他突然迷戀起自己這副靈巧順暢、精細運作的肉體。接著，他驚恐地瞥了一眼那些圍在四周滿懷期待的狼群，意識到他自認美妙的身軀，這活生生的肉體，在這些飢餓的野獸眼裡不過只是如同獵物的肉塊，而且即將被他們鋒利的牙齒撕裂啃咬，就像他們經常獵食駝鹿與兔子來填飽肚子一樣，心理便因而受到了一記重擊。

他半夢半醒地從噩夢裡醒來，看到了那隻透著紅色光澤的母狼出現在面前。她坐在距離不到六英尺的雪地上，貪婪地望著他。兩隻狗在他腳邊嗚咽與嚎叫，不過母狼毫不理會。她只是盯著人看，而他也回瞪了她好一會兒。她沒有顯露出任何威脅之意，只是充滿渴望地看著他，但他知道那是出於強烈的飢餓引起的渴望。他就是食物，她看著他時，唾液就從嘴角流了出來。母狼張著嘴，流著口水，滿懷期待地舔著顎頰。

一陣恐懼穿過了他的身體。他趕緊伸手想要抓起一根火把扔向她。但就在伸手的瞬間，還沒等手指握緊火把之前，母狼便退回到安全距離之外。他知道這隻母狼已經習慣有人向她投擲東西。她一邊走避，一邊咆嘯，白色的利牙直露到牙齦，眼中的渴望全然消失，取而代之的是一種獵食者的惡意，使他不寒而慄。他瞄了一眼握著火把的手，注意到手指緊握時的靈巧與細長，為了適應木頭表面所有的不平之處，環握在粗糙的木頭上下與周圍，而一根小指因為離燃燒的部分太近，敏感地自動避開，退到了溫度較低的位置；與此同時，他似乎看到那些靈敏又脆弱的手指被母狼的白牙撕裂及咬碎的情景。他未曾如此關注過自己的身體，而此刻他的身體卻是如此的岌岌可危。

整夜，他藉著燃燒的柴火抵禦飢餓的狼群。每每不自主地打起瞌睡，狗的嗚咽與嚎叫便會驚醒他。早晨來到了，不過這還是第一次白晝的天光未能驅散狼群。他徒勞地等待狼群離開。他們仍舊包圍著他與營火，展現出的勢在必得姿態，動搖了晨光帶給他的勇氣。

他曾試圖冒險上路，但只要一離開營火的庇護，那隻最大膽的狼便立刻向他撲來，還好那傢伙跳得不夠遠。他迅速向後跳，才得以從狼的雙顎下逃脫，那雙顎僅距他的大腿六英寸。此刻，整個狼群全都起身朝他湧來，他必須向四周投擲燒得炙熱的火把，才能把他們趕回安全範圍之外。

即使是白天，他也不敢離開營火去砍伐新的柴薪。離他二十英尺遠的地方，聳立著一棵枯死的參天雲杉。他花了半天的時間將營火延伸到那棵樹旁，手邊隨時準備著六、七根燃著火的木棒，以便隨時扔向勁敵。一到了枯樹旁，他便立刻觀察周圍的林木，以便劈倒枯枝最多的那一面。

這一晚如同前一夜的複製，除了對於睡眠的需求超乎他所能控制，狗的吠聲失去了作用。此外，狼群不斷嚎叫著，他麻木且昏昏欲睡的感官，不再能分辨出音調與強度的變化。他突然驚醒。母狼就在離他不到一碼的地方。在這短短的距離裡，他本能地一手將燃燒中的木棒送入母狼張口咆嘯的嘴裡。她逃竄而去，發出痛苦的哀嚎，而他則沉浸在皮肉與毛髮燒焦的氣味之中，看著母狼甩頭怒號，退到二十多英尺的距離之外。

不過這回，他在再次打盹之前，把一根燃燒的松木塊捆在右手上頭。就算再度闔上眼睛，只要短短幾分鐘，他就會被火焰燒到而燙醒。好幾個小時裡，他不斷反覆執行這個動作。每當被火焰喚醒，他就揮舞燃燒的柴火驅趕狼群，同時在火堆裡添加柴薪，然後重新調整綁在手上的松木。原本一切進行得很順利，直到有一次松木塊沒捆牢，在他閉眼時從手上掉了下來。

他做了一個夢，彷彿置身麥奎利驛站，溫暖而舒適，正在與委託人刁著紙牌。夢境裡，他感覺驛站也被狼群給包圍了，他們就在門口嚎嘯。有時他和委託人會停下遊戲，嘲笑這群狼的嚎嘯有多麼徒勞。接著，夢境變得很奇怪，竟出現了撞擊的聲響，然後門被撞開了。他看到狼群湧入驛站的寬敞大廳，朝他與委託人奔來。門被撞開後，狼群的嚎嘯變得更加震耳欲聾。這嚎嘯讓他很是煩擾，而他的夢境正被他所不明白的東西給吞噬，只是這嚎嘯持續地跟著他。

接著他清醒過來，發現那狼嚎原來是真的。周圍充斥著狂嗥與尖嘯，狼群正向他撲來。他們圍繞在他身旁，踩踏在他身上，其中一隻還咬住了他的手臂。他本能地衝進火堆，過程中他感覺到尖銳的牙齒劃破了他腿上的皮肉正撕咬著。接著便展開了一場火堆裡的奮戰。厚實的手套暫時保護了他的雙手不被燙傷，他以雙手鏟起炙熱的炭塊向四方擲去，營地的火堆看起來就像是一座正在噴發的火山。

然而這樣的防禦方式無法持續太久。他的臉被熱氣燙得起了水泡，眉毛與睫毛也都燒焦了，火焰的溫度使他的雙腳難以忍受。他的雙手各握著一根燃燒的木柴，跳往了火堆的邊緣。狼群被逼退了。炙熱的炭塊落下之處，燙得雪地發出了嘶嘶聲。每隔一段時間便會有狼又唉又叫地猛然跳起逃竄，那便代表他踩到了一塊燒得炙熱的炭塊。

他把燃燒中的柴木朝著最近的敵手扔去，接著把冒煙的手套塞進雪中，並跺地踩踏來冷卻他的腳。他的兩隻狗不見了，他心裡清楚得很，就如同幾天前輪為狼群吃食的阿肥，相繼被吞下肚了，未來的幾天內，或許自己就會成為他們的最後一道菜。

「你們可還沒拿下我吶！」他怒氣沖沖地對著那些飢餓的野獸揮舞著拳頭喊道。當他的聲音傳了出來，圍成整圈的狼也隨之騷動，發出陣陣嚎嘯，而母狼則從雪地上溜到他的附近，用飢渴的眼神凝視著他。

他著手展開一個新的計畫。他把營火擴展成了一個大圈，然後蜷伏在這個圈子裡，把睡鋪的毛毯墊在身下隔離融雪。當他隱身在火焰的庇護之中，整個狼群因為好奇而來到火圈邊緣察看他的狀況。在此之前，他們不願靠近火焰，而現在卻像為數眾多的狗兒，緊鄰著火焰圍成了一圈，在這陌生的溫暖中眨眼、打哈欠，伸展著他們瘦削的身軀。接著，那隻母狼坐了下來，鼻子對著一顆星星長嚎起來。一隻接著一隻，直到整個狼群都跟著嚎嘯。他們蹲坐於地，鼻子朝天，發出了飢餓的嚎叫。

黎明到來，曙光乍現，營火逐漸變弱。柴薪已經耗盡，必須再取來更多的木頭。他試圖踏出自己設下的這圈火焰，但狼群立刻一擁而進。燃燒的柴木只能讓他們往一旁閃避，卻無法驅退他們。他拚了命地驅趕狼群卻是徒勞。在他放棄並跌跌撞撞地退回火圈時，一隻狼躍向他卻撲了個空，四隻腳落在燒紅的炭火上，於是發出了驚恐的哀嚎與咆嘯，接著爬回了雪地冷卻他的四足。

這個男人蹲坐在毯子之上，上身前傾，肩膀鬆垮下垂，頭則埋在膝上，這顯示他已經放棄掙扎了。他不時抬起頭來，注視著逐漸減弱的火勢。原本燒成一圈的火焰正開分成了好幾段，並出現了缺口。而這些缺口越來越大，火圈的片段也越來越短。

「我想你們隨時都可以進來逮我了。」他喃喃自語道，「可是我不管了，我要睡覺了。」

他一度醒來，從面前火圈的一處開口，看到母狼正在凝視著他。

過了一會兒，他再次醒來，儘管對他來說似乎像是過了好幾個小時。此時一個不可思議的變化發生了——這個變化詭祕到讓他澈底清醒過來。起初他無法理解發生了什麼事，接著他發現狼群不見了。只剩下被踩踏的雪地能證明他們曾經多麼緊迫地包圍著他。睡意再次湧起並緊緊抓住他，他的頭再次沉沉地靠在膝蓋上，又猛然地驚醒過來。

遠方傳來了男人的叫喊，雪橇的劇烈晃動聲響，繩具拉扯的嘎吱雜音，以及使勁拉著雪橇的狗群急切的低吠。四架雪橇從河床被拖拉到樹林間的營地。六個男人圍在他的身旁，看著這個蜷伏在殘弱火焰中的男人。他們搖了搖他，讓他清醒過來。他則像個醉漢似地看著他們，含糊不清地說著奇怪的夢囈。

「紅色的母狼……在餵食時間混進了狗群裡……母狼先吃了狗食……接著又吃狗……然後吃掉比爾……」

「阿爾佛雷德（Alfred）大人在哪？」其中一個男人大聲喊道，並粗暴地搖著他。

他緩緩地搖了搖頭，說：「不，那隻母狼沒有吃掉他……他在上個營地的樹上。」

「死了嗎？」那個男人大聲問。

「在一個長箱裡。」亨利回答道。他厭煩地把肩膀從提問者的手中甩開，並說道：「別煩我了……我累壞了……晚安了，各位。」

他的眼睛眨動了幾下，然後就闔上了。他的下巴向前垂落在胸前。甚至就在他們將他挪到毯子上時，鼾聲便在冰冷的空氣中響起。

但是空氣中還有另一個聲音，遙遠而微弱，是遠處飢餓狼群的嚎嘯。丟下了剛才錯過的這個人，他們開始追逐起其他獵物。

PART

2

野地裡的新生命

飢荒結束，狼群開始分裂，最終剩下母狼、灰狼、獨眼老狼與三歲的小狼。接著展開了一場比獵食更重要的求愛之爭，在本能與繁衍的鬥爭中，獨眼贏得最終的勝利，與母狼誕下一窩小狼。幾經飢荒之後，僅有一隻幼狼倖存下來，並在嚴峻的荒野之中學會了獵食的法則。

激越的利牙之爭

最先聽到人類說話聲與雪橇犬低吠的是母狼，最先從困在逐漸熄滅營火中的那個男人身邊跳開的也是母狼。狼群不願放棄已經追到手的獵物，他們徘徊了幾分鐘，在確定聲音的來源後，也隨著母狼的足跡離去。

跑在狼群最前頭的是隻大灰狼——是狼群的幾個首領之一。正是他指導狼群緊跟在母狼後方。狼群中的年輕成員野心勃勃地想要超越母狼之時，他便會發出警告的嚎嘯，或以利牙教訓他們。當他看見母狼碎步地緩緩跑過雪地，則會加快腳步跟上。

母狼走到灰狼旁邊，好像這就是她的專屬位置，她跟著狼群的速度。即使她偶然一躍超越了灰狼，灰狼也沒有對她咆嘯或露出利齒。相反地，灰狼似乎對她很友善——這對母狼來說似乎過於友善了。灰狼動不動就靠到她身旁，每當灰狼靠得太近，便換成她露齒低吼。不僅如此，有時還會毫不猶豫地狠狠劃傷他的肩膀。但在這種時候，灰狼並未表現出憤怒，只是跳到一旁，然後僵硬地向前跑個幾步，舉止活像個害羞的鄉村青年。

這是灰狼在狼群中遇到的一個麻煩，而母狼則有其他麻煩。跑在母狼另一側的，是隻憔悴的老狼，灰白的毛皮上有著許多戰鬥留下的傷疤。他總是跑在母狼的右側，或許這是因為他只有一隻眼睛——左眼。他也耽溺於擠在母狼身旁，直到那布滿疤痕的鼻子碰觸到她的身體、肩膀或脖子，而母狼就像對付左路的同伴一樣，以利牙還擊他的殷勤。但是，當他們同時競相獻上殷勤，她便會受到粗暴的推擠，不得不迅速地向兩邊咬去，好把兩個追求者全都驅趕開來，以保持與狼群前進一致的速度，並看清前方的路程。這時，他們雙方會露出牙齒，隔空咆嘯互相威脅。他們可能會打起來，但即使是求偶與競爭，也不得不屈從於狼群更為迫切的飢餓需求。

每回被擊退，獨眼倉皇地避開鋒利牙齒之際，便會撞到跑在他右側盲區的三歲小狼。這隻小狼已然完熟，相較於虛弱且飢餓的狼群，這隻小狼有著更強盛的活力與精神。儘管如此，他前行時總是跑在獨眼的肩後，要是冒險與獨眼並肩前行（這種情況很少見），便會遭到咆嘯與撲咬，讓他退回到原本的位置。有時小狼會小心翼翼地退到後方，然後側身擠到獨眼與母狼之間。這時便會激起雙倍、甚至是三倍的憤怒；每當母狼咆嘯著顯露出不滿，獨眼便會轉身攻擊這隻三歲小狼。有時母狼也會跟著一同轉身攻擊，甚至左側的灰狼也會迴旋加入。面對這三方而來的利牙，小狼會驟然停下腳步，猛然地往後蹲坐於地，前腿僵直，鬃毛豎起，張開大口作勢威脅。行進中的隊伍往往因為這前方的騷動，而引發後方狼群的混亂。他們撞上小狼，並透過狠咬他的後腿與側腹來表達不滿。

狼群因為食物匱乏而脾氣暴躁，小狼無疑給自己找來了麻煩。然而年輕氣盛的小狼自信滿滿，不時重複著這樣的把戲，儘管這從未為他帶來任何好處，徒然只是讓自己陷入困境而已。

要是有東西可吃，求偶與爭鬥便會變本加厲，狼群的隊形就會順勢瓦解。然而，狼群的處境非常絕望，他們因為長期的飢餓而消瘦不堪，行進速度也比平時緩慢。蹣跚地跟在隊伍後方的是弱小的成員，不是極為稚嫩，就是非常老邁。領在前頭的則是最強健的幾隻，卻也全都骨瘦如柴，沒有任何體態豐盈的狼。儘管如此，除了那些跛行的狼，其他狼隻的動作依然揮灑自如，沒有一絲倦意。他們纖細的肌肉彷彿擁有取之不盡、用之不竭的動力。隱藏在每回有如鋼鐵般的肌肉收縮之後的，還有一次又一次鋼鐵般的收縮，接二連三地持續著，永無止境似的。

這天，他們跑了好幾英里，持續一整夜。翌日，他們仍然徹夜奔馳，穿梭在冰凍死寂的荒地。這裡沒有任何生物活動的跡象，只見狼群獨自移動在廣闊沉寂的荒野裡。他們是僅存的生物，尋找著其他足以果腹維生的吃食。

他們越過低矮的山丘，涉過十多條窪谷裡的小溪，終於找到了獵物。他們遇上了一群駝鹿，首先見到的，是隻巨大的雄鹿。

這裡有肉，有生物，而且沒有神祕的火堆或飛竄的火焰設防。狼群認得那寬大的蹄與闊掌形的犄角，於是將平時的耐心與謹慎拋到腦後。這是一場短暫而猛烈的戰鬥。巨大的雄鹿四面受敵，他以寬大的蹄子熟練地踢踹狼隻的頭骨，再用巨大的鹿角衝撞、壓制他們，將他們踩在身下的雪地上掙扎翻滾。然而巨大的雄駝鹿注定要敗下陣來，終究是倒下了。母狼凶狠地撕咬他的喉嚨，其他狼隻也緊咬住他身上的各個部位，在他最後的掙扎停息之前，還未傷及要害便被活生生地吞食下肚。

這是極為豐盛的一餐。這頭雄駝鹿重達八百多磅——對這四十多隻狼來說，每隻可以分到的肉足足有二十磅之多。然而，正如他們能夠極端地禁食，也能夠海量地進食。不久之後，這頭幾個小時前還在與狼群對峙的雄壯動物，僅僅只剩下一些零散的骨頭。

現在，狼群大多在休息與酣睡。填飽肚子後，年輕的公狼開始爭吵與打鬥，這樣的情形持續了幾天，直到狼群散去。挨餓的時節已然結束了。狼群現在身處獵物豐饒的地區，雖然他們仍然成群獵食，但行動變得更加謹慎，遇到駝鹿群，就挑笨重的母鹿或者跛行的老雄鹿下手。

在這個富庶之地的某天，狼群一分為二，各自朝著不同方向前進。母狼與她左側的大灰狼、右側的獨眼老狼，帶領著他們那一半的狼群沿著麥肯齊河（Mackenzie River）向下，穿越湖郡（Lake country）往東走。狼群的成員每日都在減少，公狼與母狼成對離去。偶爾會有獨行的公狼被競爭者以利牙驅離。最終只剩下四隻：母狼、灰狼、獨眼老狼，以及雄心勃勃的三歲小狼。

母狼的脾氣此刻顯得十分暴躁，三個追求者身上都留有她的齒痕。但是他們從不以牙還牙，也沒有為了自我防禦而有所抵抗。他們以肩膀承受她最猛烈的攻擊，搖擺著尾巴，踩著碎步，試圖撫平她的怒氣。他們對待母狼都很溫和，彼此間則是暴戾相向。三歲的小狼過分大膽，他攻擊獨眼老狼的盲區，將老狼的耳朵撕成了碎片。儘管這隻灰白的老狼只能看見單側，但對抗起這隻年輕氣盛的小狼，可也發揮了長年經驗所累積的智慧。他以失去的眼睛與布滿傷疤的口鼻，證明自己從無數的戰鬥中倖存了下來，當然知道該如何應對。

這場打鬥始於平等，後來卻演變為不甚公平。沒有人能夠預料結局會如何，因為有個第三者加入了獨眼老狼的陣營，老首領與年輕首領連手攻擊了這吃了豹子膽的三歲小狼，並且摧折他。他被昔日的戰友以無情的獠牙從兩旁包圍。他們曾一起狩獵的日子、一起逮獲獵物、共同經歷的飢荒，全部被忘得一乾二淨，那些都已成為過去。擺在眼前的是求愛，這可是比獵食更為嚴厲與殘酷的大事。

與此同時，引發這一切的母狼悠哉地坐了下來，滿意地旁觀這一切，甚至以此為樂。這可是她的「大日子」，這樣的時刻並不常有——他們鬃毛竄立、彼此以利齒互咬，甚或撕裂對方的肉體，這一切的一切都是為了擁有她而發生的。在這場求愛的打鬥裡，那隻將此當作自己初次冒險的三歲小狼賠上了性命。他的屍體兩側，站著的是那兩個競爭對手。他們凝視著坐在雪地裡微笑的母狼。然而，獨眼老狼不論獻殷勤或是打鬥，都顯得極度聰明，當灰狼轉身舔舐肩頭上的傷口，脖子彎曲的弧度朝向了他，老狼便用自己僅存的一眼看到了機會。他壓低身子撲向前，以利牙咬住了灰狼，劃破喉嚨的大動脈，只見一道又深又長的裂痕。接著，他跳了開來。

灰狼發出了可怕的呼嘯，但這呼嘯轉變成了漸漸虛弱的嗚咽。他身負重傷，咳著鮮血，以殘燭將逝的性命撲向了老狼，他的四肢漸趨疲弱，白晝之光令他兩眼昏花，攻擊的力道與跳躍的距離越來越弱。

母狼始終坐在那兒微笑，這場打鬥讓她莫名興奮，而這就是荒野裡的求愛，對於敗死的一方是齣悲劇，但對於倖存者來說可就不是了，而是自我實現與成就。

年輕的領袖倒臥在雪地上不再動彈後，獨眼老狼走向了母狼。他的姿態兼容了勝利與謹慎。顯然他自覺迎面而來的會是母狼的狠咬，然而令他訝異的是她並未齜牙咧嘴的發怒。這是母狼第一次向他展現出和順的態度，他們互相嗅聞著鼻息，母狼甚至放下身段跳來跳去，如同幼犬般逗著他玩耍。儘管成熟穩重如他，卻也表現得像隻小狗，甚至有些傻氣。

落敗的對手，以及雪地上血跡斑斑的求愛遺痕，早已被他忘去。唯獨某回獨眼老狼停下來舔舐凝固的傷口，接著腳掌穩穩地踩著雪地，半蹲下身體準備躍起，脖子與肩上的鬃毛不由自主地豎立，唇齒半露地發出一聲怒吼。但下一刻，這一切就又被他給拋到了腦後，母狼嬌羞的姿態散發著引誘的氣息，於是他便在樹林間穿梭，在母狼身後追逐了起來。此後，他們像是彼此契合、互知心意般地肩並肩，友好地跑著。日子一天天過去，他們總是一起巡狩，共同獵殺進食。

隔了一段時間，母狼開始焦躁起來，她似乎在尋找某些無以覓得的東西。頹倒樹木下的空洞似乎吸引著她，她花了很多時間在岩石間積著大雪的裂縫及懸垂河岸的洞穴盲目探索。而年邁的獨眼則一點也不感興趣，卻也仍舊耐心地陪著她四處搜尋。若是母狼在某些地方停留的時間太長，他便會趴下來等候，直到她準備好繼續上路。

他們並非老在同一處逗留，而是穿越鄉野直到重新見到麥肯齊河，便沿著河岸緩慢前行。雖然不時會沿著支流小溪捕獵游移，但總是會回到主河道邊。有時碰巧遇上了其他狼隻，通常都是成對出現的，不過彼此皆未透出友好的互動訊息，也沒有任何碰上面的喜悅，更沒有重回往昔狼群的想望。還有幾次，他們遇上了獨行的狼，且都是公狼，這些傢伙會熱切地想要加入獨眼老狼與他的伴侶。這總是讓獨眼老狼感到憤恨，而母狼則會與他並肩站在一起，豎毛露齒以示威嚇，於是那些渴望加入的孤狼便只好退卻，轉身離開，繼續自己孤獨的旅程。

在一個月色皎潔的夜裡，他們穿過了寧靜的森林。獨眼老狼突然停下了腳步，高舉鼻尖，挺直尾巴，張大鼻孔嗅著空氣中的氣味，像狗一樣半舉著一隻前腳。他仍感到狐疑，繼續嗅著氣味，試圖理解其中隱含的訊息。這無心的一嗅卻讓他的伴侶感到滿足，母狼向前跑了幾步試圖消除他的疑慮。雖然跟著母狼，但他仍心存憂慮，不禁時而停下腳步，更加仔細地查探這個警訊。

她踮躡腳步來到樹林間一大片空地的邊緣，獨自駐足了一段時間。接著，獨眼老狼匍匐爬到她的身邊，他們並肩站著、觀察、傾聽，以及嗅聞。他提高全身的警覺，每根毛髮都充滿了無限的懷疑。

他們的耳邊傳來了狗兒爭吵與扭打的聲響、男人粗聲的叫喊、女人刺耳的責罵，有時還夾雜孩子尖銳的哭鬧。除了巨大的皮革帳篷、隱約燃燒的火焰，還有穿梭在光火中的身影，以及寂靜空中的裊裊炊煙，但幾乎什麼都看不到。不過，他們嗅到了來自印地安人營地的種種氣味，這些氣味蘊含著獨眼老狼難以理解的事理，而母狼卻熟知每一個細節。

母狼莫名激動了起來，越漸興奮地不斷嗅聞，但獨眼老狼卻心存疑慮。他的擔憂表露無遺，並且嘗試離開此地。母狼轉身，用鼻子輕輕碰了碰他的脖子，以示安撫，然後再次凝視營地。她的臉上浮現出一種新的渴望，那並非源自飢餓的欲求。她被這渴望所驅使，想要向前走，靠近那營火、加入狗兒的爭吵，並且避開人們散亂的腳步。

獨眼老狼在她身旁焦躁地走動，母狼的不安又浮上了心頭，再次迫切地意識到需要找到自己正在搜尋的東西。她掉頭跑回了森林，這讓獨眼老狼大大鬆了一口氣，他領在母狼前方，直到他們完全進入樹林的掩護之中。

他們在月光下有如影子般悄無聲息地滑行，並且發現了一條獸徑。他們低頭嗅著雪地上的足跡，這些足印還非常新鮮。獨眼老狼小心翼翼地跑在前方，母狼則跟於其後。他們張著寬廣的腳掌，如絲絨般輕柔地踏在雪地上。獨眼老狼瞥見一個白色物體在整片雪白之中移動。他的步伐本就非常敏捷，但都無法與現在狂奔的速度相比。他發現那個模糊的白影正在自己眼前奔跑、跳躍。

他們跑在兩側長滿小雲杉樹的狹窄路徑上。穿過樹叢，可以看到小徑出口通往了月光照耀的空地。獨眼老狼迅速地追趕著正在奔竄的白色物體。他一步一步地接近目標，眼看就快要追上了，只差猛力的一跳，利牙就能咬進目標的身軀。但那一跳永遠不會發生。那白色的物體直直向上騰空而起，原來是隻活蹦亂跳的雪兔，在他的頭頂上方奮力扭動、掙扎，並且不再回落到地面。

獨眼老狼哼地一聲嚇得向後彈開，隨後蹲伏在雪地上。他以咆嘯來威嚇這個可怕又難以理解的狀況，母狼卻冷靜地穿過他身邊，停頓了一會兒，接著一躍而起，撲向那隻扭動的兔子。雖然她跳得很高，但仍搆不到高處的獵物，牙齒猛然咬了個空。她又跳一次，接著再跳一次。

獨眼慢慢從蹲伏的姿勢放鬆，注視著母狼，對於她一次次的失敗有些不悅，索性自己奮力向上一跳，咬住了兔子，並將之拉下地面。然而這時旁邊出現了一記可疑的聲響，他驚訝地看著一株彎曲的雲杉幼枝直擊而來。獨眼老狼鬆開獵物，反身撲倒避開這陌生的危險，他冷嚴地露出了尖牙，喉頭發出低吼，全身毛髮都因憤怒與驚嚇而豎起。就在那一瞬間，細長的枝條彈了回去，而兔子重新高掛在半空並扭動身軀掙扎著。

母狼對此感到生氣，以利牙咬住獨眼的肩膀以示譴責。受到驚嚇的獨眼還以為是來自某處的攻擊，驚惶失措地猛烈還擊，撕裂了她的臉頰。母狼沒想到他竟會被這樣的舉動惹怒，便也氣憤難平地咆嘯並朝他撲了過去。獨眼發現錯了之後試圖安撫，母狼卻只是不斷折磨著獨眼。直到獨眼放棄一切安撫的想法，轉身繞圈讓步並撇過頭去，讓肩膀去迎受母狼利牙的懲罰。

此時，兔子仍在他們上方掙扎著。母狼在雪地上坐了下來，而獨眼現在對於自己伴侶的恐懼更勝於那棵神祕的小樹，於是，他再次撲向了那隻兔子。他將兔子咬在口中，眼睛一直盯著那根枝條。就像之前那樣，枝條跟著垂向地面，但這次他沒有放開口中的獵物。結果，預期中的一擊並沒有落下，小樹仍然垂吊在他上方，每當他移動，枝條也跟著移動，他緊咬著牙發出悶吼；當他靜止不動，枝條也保持靜止，於是他認為保持靜止不動比較安全。不過，口中兔子溫熱的鮮血，嘗起來味道很好。

母狼幫他脫離了這樣的窘境，從獨眼口中啣走了那隻兔子，雖然那株小樹還在上方搖晃威脅，但她平靜地咬下了兔子的頭。小樹便立刻彈回豎起，好端端地直立成它應該生長的姿態，再也沒有帶來麻煩。接著，母狼與獨眼一起吞下了神祕小樹為他們捕捉的獵物。

還有許多兔子高掛在其他小徑上，他們雙雙找出這些兔子，母狼領在前頭，獨眼跟隨在後並仔細觀察，學習如何從陷阱中偷取獵物——這種知識在未來的日子裡將對他大有裨益。

土堤上的狼窩

母狼與獨眼在印地安人營地附近徘徊了兩天。獨眼相當擔心且不安，但是營地吸引著他的伴侶，不願離開。直到某天早晨，不遠處傳來一聲槍響，子彈擊中距離獨眼頭部只有幾英寸的樹幹上。他們不再遲疑，展開長距離的狂奔，將危險遠遠甩在身後。

僅僅幾天的路程，他們並未走得太遠。母狼急於搜尋自己要找的東西，她的身體變得沉重，只能慢慢地跑。有次她正追逐著一隻兔子，平時對她來說這是輕而易舉之事，但她卻半途放棄，躺下休息。獨眼朝她走了過去，用鼻子輕輕觸碰她的脖子，她竟迅速地朝他猛然咬去。獨眼為了閃避那口利牙，踉蹌地向後摔倒，留下的是一道看來荒謬的身影。母狼的脾氣比以往更加暴躁，但獨眼卻比以往更有耐心，也更加付出關心。

後來，母狼找到了想要的東西，那是在一條小溪上游幾英里遠的地方，夏季時會匯入麥肯齊河，但此時整條小溪從表面到底部的岩床全都凍結著——一條從源頭到匯流處徹底被凍結的純白色死水。母狼疲憊地小跑著，她的伴侶早已在前方遠處。當她遇到了一處高聳的土堤河岸，便轉身跑了過去。歷經春季暴風與融雪的侵蝕，河岸的一處狹窄裂縫形成了一個小洞穴。

她仔細觀察陡峭而上的洞壁，先分別沿著洞口的兩邊跑到底，直到洞穴主體與平緩地形交界處，再回到洞口。她剛鑽進洞口，前三英尺的洞穴很窄，母狼被迫蹲伏著身子前進。洞穴內部較為寬敞且略有挑高，是個直徑約六英尺的小圓室。洞頂比她的頭高一些，裡頭乾燥而舒適。母狼仔細檢查洞穴內裡，而折返的獨眼則站在入口處耐心地看著她。母狼低下頭，鼻子湊近地面朝著自己併攏的腳附近，並順勢繞了幾圈；接著，發出了一聲近似呼嚕聲的疲憊輕嘆，便將身體蜷縮起來，放鬆了四肢，面朝洞口躺了下來。獨眼興致盎然地豎起耳朵朝她微笑。另一側，迎著洞口的白光，她看見他高興地擺動著尾巴。母狼的耳朵隨著蜷縮的動作，耳尖朝後緊貼著頭，嘴巴微張，懶懶地伸出舌頭，藉此表達自己的喜悅與滿足。

獨眼餓了。雖然他在洞口睡著了，卻睡得斷斷續續。四月炙熱的陽光照耀在雪地上，他不斷醒來，豎起耳朵注意著外頭明亮的世界。打盹時耳邊隱約傳來坡下的潺潺流水聲，於是他便醒來專心地聽著。陽光重返大地，甦醒的北方世界呼喚著他。生機勃發，空氣中瀰漫著春天的氣息，雪地下感覺得到生物正在滋長，樹液在枝幹裡湧升，嫩芽從冰霜的枷鎖中迸脫開來。

獨眼焦急地瞥了瞥他的伴，但她並沒有要起來的意思。他向外望去，五、六隻雪雀在視野中飛舞。他又打算要起身，回頭看了看母狼，就又躺下繼續打盹。耳邊傳來一陣尖銳而細小的聲音，一次、兩次，他迷迷糊糊地用腳掌拂了拂鼻尖，接著醒過來，原來是一隻蚊子在他的鼻子附近嗡嗡作響。那是一隻成蚊，整個冬天被凍在乾燥的木頭裡，如今被暖陽給解封了。獨眼再也無法抵抗這個世界的召喚了。況且，他也餓了。

獨眼爬到他的伴侶身邊，試圖說服她起身，但她只是對著他咆嘯。他獨自走到明亮的陽光下，才發現腳下的雪面變軟了，行走變得困難。他沿著凍結的河床向上走，雪在樹蔭下仍然堅實剔透。他走了八個小時，回來時已經天黑了，這時的他比出發前更餓了。他曾經發現獵物，可惜並沒有抓到。獨眼陷在融化的積雪裡掙扎著，而雪兔卻如往常般輕快地在雪面上滑行。

他停站在洞口，突然感到一陣懷疑。洞內傳來了微弱又奇怪的聲音。這絕非母狼所發出的，卻又好似有些熟悉。他小心翼翼爬進了洞裡，卻迎來母狼警示的咆嘯。他冷靜地接收她的警告，保持著距離，但是對於那些聲音仍然相當好奇——那些微弱且含糊的嗚咽聲。

母狼焦躁地警告要他離開，於是他便蜷縮在洞口睡去。早晨來臨，洞穴裡漫著微弱的光線，他又開始尋找那些聲音的源頭。母狼低吼的警示聲中多了一種新的聲調，那是意含著提防的聲調，他謹慎地保持在一定的距離之外。儘管如此，他還是看到了五團奇怪的小生命，躲藏在母狼腿間與身體旁邊，非常虛弱而無助，閉著眼睛發出了細小的嗚咽聲。他相當驚訝，在他漫長而順利的一生中，這並非頭一次發生。他曾經歷過許多次，但對他來說每次都帶來了驚喜。

母狼焦急地看著他，每隔一陣子就發出低吼，當她覺得他似乎靠得太近了，便會從喉嚨爆出尖銳的咆嘯。雖然她不記得自身曾經有過這般的經驗，但在她的直覺中潛伏著所有狼母共同的經歷，公狼似乎會吃掉自己稚弱的新生幼獸。因此，她感受到了強烈的恐懼，促使她提防獨眼靠近察看自己的孩子。

然而，危險並未發生。獨眼心中湧起了一股衝動，那是來自所有狼父傳承下來的天性。他沒有因此感到懷疑或困惑。這種與生俱來的本能也是世界上最自然的事，他應該要遵守，於是他轉身離開自己的新生幼狼，踏上求取生存的獵食之路。

距離巢穴大約五、六英里，小溪分叉成了兩條支流，呈直角各自流向了山嶺之間。獨眼沿著左側的支流走著，看見了一道剛剛才留下的足跡。他嗅了嗅，發現足跡非常新鮮，於是迅速蹲下身，朝足跡消失的方向望去。然後，他果斷地轉身，選擇了右側的支流。因為這個足跡比他自己的腳印要大得多，因此他知道隨著這道足跡並不能獲得食物。

他沿著右側支流走了半英里，靈敏的耳朵聽到了牙齒啃咬的聲響。他悄悄靠近目標，發現那是一隻豪豬，直挺挺地趴在樹幹上正在啃咬樹皮磨著牙。獨眼小心翼翼地靠近，不過並不抱著什麼期望。他認得這種動物，雖然以前從未在這麼北的地方見過；而且在他漫長的歲月之中，豪豬從未成為他的食物。然而，他早就知道有機會或運氣這樣的東西存在，便又繼續靠近。誰也無法預料結果會如何，對於鮮活的生命而言，事情的發展總是充滿變數。

豪豬把身體蜷縮成一團圓球，長長的尖刺向四面八方張開以抵禦攻擊。獨眼想起年輕的時候，曾經因為太過靠近地嗅聞一團毫無動靜的帶刺圓球，結果那團圓球的尾巴猛然地甩上了他的臉，一根針扎在了他的口鼻附近，有如火燒般地痛了好幾個禮拜，一直要到尖刺脫落才了事。於是，他調整了一個輕鬆的姿勢蹲伏下來，鼻尖與那隻豪豬保持著足足一英尺的距離，避開那條尾巴的攻擊範圍。獨眼安靜無聲地等待，沒人知道會發生什麼事。或許豪豬會展開自己的身體，那時就有機會猛然攻擊，用爪子撕裂那柔軟無防的腹部。

但是過了半個小時，他站起了身，對著那團動也不動的圓球憤怒地咆嘯後便跑開了。過去他常這樣等待豪豬展開自己的身體，卻都只是徒勞，因此他不想再浪費時間了。他沿著右側支流走，時間不斷流逝卻沒有任何斬獲。覺醒的父性本能持續鞭策著，他必須找到食物。那天下午，他無意間遇上了一隻松雞。獨眼從灌木叢裡走了出來，與這隻遲鈍的松雞碰個正著。松雞棲坐在一根木頭上，距離他的鼻尖不到一英尺。他們相互對視，松雞驚慌地飛起，卻被一掌擊落到雪地上，就在慌忙地亂跑著並試圖再次飛起時，獨眼撲了過去，用利齒咬住了松雞。就在那利齒咬上了軟嫩的肉與脆弱的骨頭時，很自然地吃了起來。只是這時他似乎想起了什麼，於是便叼著松雞轉身沿著來時的路回巢了。

距離小溪分岔處一英里的地方，獨眼一如往常踏著輕盈的步伐，有如飛掠的影子，仔細留意著任何獵物的蹤跡。然後，他遇見了稍早看到的那些巨大腳印所留下的新足跡，獨眼隨著足跡跟了過去，隨時準備在溪流的任一轉彎處與那腳印的製造者相遇。

在一處河道特別彎曲的地方，獨眼從岩石的角落探頭望去，眼尖地看到了某個東西，這可讓他伏低了身體。那是腳印的製造者——一隻巨大的母山貓。她就像獨眼早些時候那樣蹲伏著，盯著一團緊緊捲起的帶刺圓球。如果說獨眼之前像是一道飛掠的影子，那麼現在可說是那道影子的幽靈，躡手躡腳地繞行，靜靜不動地躲藏在下風處，盯著對峙中的他們。

他趴在雪地上，將松雞放在身旁，透著一棵低矮的雲杉針葉隙縫窺看眼前這一幕生命劇場——耐心等待著的山貓與豪豬，雙方都致力於求生。而這場獵食遊戲的奇妙之處，便是其中一方的生存之道在於吃掉另一方，而另一方的生存方式則在於不被吃掉。至於獨眼，一匹蜷伏在隱蔽處的狼，也在這獵食遊戲中扮演了另一個角色，等待意料之外的機會幫他取得獵物，而這，正是他的生存之道。

半個小時過去了，一個小時了，什麼也沒發生。那團帶刺的球可能已成為一顆石頭了；山貓也許凍成了大理石，而獨眼則彷彿死了一般。然而，這三隻動物都處於一種近乎痛苦緊綳的求生狀態。對他們來說，沒有比現在這樣看似石化的時候更加充滿生機的了。

獨眼微微動了動，帶著更加急切的目光向外窺視。有什麼事發生了。豪豬認為自己的敵人終於離開了，謹慎而緩慢地舒展著那團堅不可摧的盔甲，由於沒有預期中的恐懼，豎著刺的圓球慢慢地、慢慢地展開並拉長了身軀。獨眼盯著這一幕，口水不由自主地流了出來，因為活生生的肉就攤在面前，彷彿一頓盛宴。

豪豬還沒完全伸展開來便發現了敵人。山貓就在那一瞬間發動了快如閃電的攻擊，宛如猛禽的爪子，彎曲堅硬的爪鉤猛然襲向豪豬柔軟的腹部，加上一個快速收回的撕裂動作。若是豪豬的身體已完全伸展，或者沒有早一步發現敵人，山貓的爪子就會毫髮無損地收回；但是豪豬的尾巴輕輕一甩，鋒利的刺就扎進了爪子裡。

所有事情幾乎同時發生——攻擊、還擊、豪豬的慘嚎、山貓意外受傷的狂吼。獨眼興奮地半蹲起，豎起耳朵，身後的尾巴直挺挺地顫抖著。山貓極為憤怒地發著脾氣，粗野地撲向那個傷害她的傢伙。但豪豬不斷尖叫、哀號，勉強地將撕裂的身體捲成抵禦的圓球，又甩動了尾巴，山貓再次因為受傷而狂嘯。接著，山貓開始後退，打著噴嚏，鼻子上滿是刺，像個巨大的針墊。她用腳掌撥弄鼻子，試圖拔出那些讓她火熱疼痛的刺，又將鼻子埋進雪堆，或者在樹枝間來回摩擦，陷入了痛苦與恐懼的狂亂之中，不斷前後來回、左右跳躍。

山貓連打了好幾個噴嚏，短短的尾巴猛烈地舞動，拚命抽打著四周的地面。接著又停下了這些瘋狂的舉動，安靜了好一會兒。獨眼在一旁觀望。突然，山貓毫無預警地躍到半空中，同時發出一聲恐怖至極的長聲哀號，以致於連獨眼都忍不住心頭一驚，寒毛豎起。然後，山貓便沿著小路邊叫邊跳地飛竄離去。

直到她的吵鬧聲在遠處消逝，獨眼才敢大膽地走出來。他小心翼翼地踏著腳步，彷彿雪地上布滿了豪豬聳立的尖刺，隨時可能刺穿他柔軟的腳掌。豪豬眼見他步步逼近，狂咬著長長的牙齒怒吼著，接著設法再次蜷曲身體，但全身肌肉被撕裂得太嚴重，已經無法縮成緊實的圓球了。他的身體幾乎被撕成兩半，而且冒著大量鮮血。

獨眼挖出了幾口浸滿鮮血的雪，咀嚼、品嘗並吞嚥下。這就像是一道開胃菜，令他食慾大增，但在世上經歷豐富的他不忘保持謹慎。他趴在一旁等待著，看著豪豬咬牙切齒，發出痛苦的哀嚎，不時發出幾聲微弱的尖叫。過了一會兒，他注意到豪豬的刺逐漸垂下，全身劇烈顫抖。突然之間，顫抖停止了，長長的利牙發出了最後的抗議聲。然後，尖刺完全垂了下來，身軀鬆弛，不再有任何動彈。

獨眼緊張地縮了縮腳掌，將豪豬的身體撥直後翻了過來。什麼都沒發生，豪豬確實是死了。他仔細打量了一會兒，接著謹慎地用牙咬住，歪著頭避免踩到那一身尖刺，半叼半拖地沿著溪流而下。他忽然想起了什麼，於是放下了口中的重負，跑回遺留松雞的地方，他清楚知道該做什麼，毫不猶豫地迅速吃掉了松雞，再回去叼起豪豬。

當他推著這一天的狩獵成果回到洞穴，母狼檢查了一下，然後鼻尖轉向獨眼，輕輕地舔了舔他的脖子。但下一刻，她便又發出一聲低吼警告他遠離幼狼，只是這次不如之前那樣嚴厲，反倒多了一些歉意而非威脅。母狼對幼狼親父的本能恐懼正在減弱。他表現出了狼父該有的作為，並沒有任何邪惡欲望想要吞食她帶到這個世界的小生命。

倖存的灰色小狼

他跟自己的兄弟姊妹不一樣。他們的毛色顯示出自己遺傳自母親身上的那種紅色調，唯獨他與眾不同，承襲了親父的毛色。他是這窩狼裡唯一的小灰狼，擁有純正的狼族血統。實際上，他的生理特徵完全從狼族承繼了下來，唯一例外的是他有兩隻眼睛，而父親只有一隻。

這隻小灰狼的眼睛才睜開沒多久，已經能清楚看到東西了。而在他的眼睛還閉著的時候，就已經能夠利用感覺、味覺與嗅覺。他非常了解自己的兩個兄弟與兩個姊妹。他開始以微弱且笨拙的方式跟他們嬉戲，甚至爭吵；激動時，小小的喉嚨會發出粗糲而又尖銳的奇怪聲響（這是咆嘯的前聲）。他在雙眼還未睜開之前，便已經透過觸碰、品嘗與嗅聞認識了自己的母親——一個溫暖、親切與液態食物的來源。她擁有一條溫柔、慈愛的舌頭，舔舐著他幼小柔軟的身軀、安撫著他，促使他緊緊依偎在她身旁入睡。

生命裡的頭一個月，他大部分時間都是在睡眠中度過的，但現在的他已經能看得更清楚，清醒的時間也更長了，並且逐漸熟悉自己生長的世界。他所看到的世界是陰暗的，不過他還不很理解，因為他從未見過其他世界。這個世界光線昏暗，但他的眼睛還不需要適應其他光線。他的世界非常小，界限就是巢穴的四壁，由於對外頭廣闊的世界一無所知，所以並不會因為生存空間狹小而感到侷促。

他早就發現自己的世界有一面牆與其他的不同。那是洞穴的入口，也是光的來源。早在擁有自己的想法與意識之前，他便發現那堵牆與其他的不同。在尚未睜開眼睛看清它的時期，對他便有種不可抗拒的吸引力。光線打在他緊閉的眼瞼上，眼睛與視神經感受到如火花般的短暫閃光與溫暖色彩，因而產生了莫名的愉悅。獨立於他生命的每一個細胞，以及構成他身體本質的生命，都嚮往著這道光線，並且促使他的身體朝之靠近，就像植物巧妙的化學反應會趨向太陽。

一直以來，在他的意識展開之前，他便老往洞口爬去。在這一點上，他與其他的兄弟姊妹都一樣。在那段時期，他們從未爬向洞穴後方的黑暗角落，而是就像植物受到光線的吸引，身體裡的化學反應構成對光線的強烈需求，作為生存的必要條件。他們小小的身軀有如藤蔓，盲目地向前爬行。後來，他們發展出自己的個性，產生各自的衝動與欲望，對那道光的吸引變得更強烈了。他們總是伸展著四肢爬向光源，卻老被母狼驅趕回去。

小灰狼正是以這種方式認識到母親除了柔軟、慰撫的舌頭，還有其他特徵。在他堅持往洞口的方向爬行時，母親會以鼻子用力推擠並喝斥他；接著以迅速而精確的一掌將他壓倒，或是將他翻過來翻過去。因此，他認識到了疼痛；更重要的是，首先他學會了不要冒險以避免受傷，其次則是招致風險要懂得閃躲與退避。

這些都是有意識的行動，也是他對這世界初步的歸納結果。在此之前，他本能地因為疼痛而退縮，就像不自覺地向光爬行一樣。在那之後，他會迴避疼痛，因為他知道那會帶來傷害。

他是隻凶猛的幼狼，兄弟姊妹也是如此。這是意料中的事，他可是肉食性動物，繼承了獵捕與吃肉的血統。他的父母完全靠肉食維生。他在初生時吸吮的奶水是直接由肉轉化而來的，如今他已經一個月大了，眼睛才睜開一週就已開始吃肉——母狼會將半消化的肉反芻餵給五隻幼狼，因為乳汁已經無法滿足他們的需求。

但他更是這窩小狼中最凶猛的。他能發出比其他任何一隻都要響亮、刺耳的咆嘯，小小怒火也比其他小狼更可怕。他是第一個學會用靈巧的腳掌把同伴翻倒的，也最先學會用牙齒緊咬同伴耳朵、拉扯、咆嘯。毫無疑問，他是母狼在阻止這窩小狼接近洞口時最頭疼的一個。

光線對小灰狼的吸引力與日俱增，他不斷冒險地往洞口前進一碼，又不斷被驅趕回去。只是他並不知道那是一個入口。他對那入口一無所知——從一個地方通往另一個地方的通道。他不知道還有其他天地，更不用說有通往那裡的路徑。所以對他來說，洞口就是一面牆——一堵光牆。正如太陽對於外界的生物一樣，這堵牆就是他世界裡的太陽，像是燭光吸引飛蛾一樣吸引著他。他總是努力想要接近。在他心中迅速擴張的生命力，不斷催促他走向這道光牆。身體裡的生命力知道那是唯一的出路，是他注定要踏過的路。但他本身對此卻是全然無知，根本不知道外頭還有另一個世界。

有一件關於這道光牆的奇怪事情。他的父親（他已經逐漸意識到父親是世界上唯一的其他居民，一個像母親一樣的生物，睡在光附近並帶回肉）能夠直接走進那道遠遠的白色牆面，然後消失。小灰狼無法理解這一點。雖然母親從不允許他靠近那道牆，但他會接近其他牆面，用柔嫩的鼻尖觸碰堅硬的阻礙物，這讓他感到疼痛。在經過幾次這樣的冒險後，他便不再理會這些牆壁了。他不加思索地接受，消失在牆中是父親的特徵，就像母親的特徵是乳汁與半消化的肉一樣。

實際上，小灰狼並不熱中於思考，至少不是像人類那樣思考。他的腦子還處在一種蒙昧的狀態，不過思考後卻也能與人類得到同樣清晰且明確的結論。他有一套接受事物的方法，不去質疑其原因和理由。實際上，這是一種分類行為。他從不會對事情為什麼發生感到困擾，只要知道事情如何發生就已足夠。因此，當他的鼻子撞到身後的牆面幾次之後，便接受自己不會消失在牆中。同樣地，他也接受父親能夠消失在牆中。他一點也不在意自己與父親之間存在的那些差異是什麼原因，因為在他的心智構造中沒有邏輯和物理學。

像荒野裡的大多數動物一樣，他很早就經歷了飢荒。曾有一段時間，不僅沒有肉可吃，就連母狼也分泌不出乳汁。起初，小狼們嗚咽哭泣，但大部分時間都在睡覺。然而沒多久，他們就餓得昏昏沉沉，不再爭吵和打鬧，也不會因鬧脾氣而咆嘯；同時，他們也停止冒險去追尋那道遙遠的白色牆壁。幼狼們睡著了，體內的生命之火逐漸熄滅。

獨眼感到絕望且危急。他四處遊蕩，回到巢穴也只能小睡片刻，那個巢穴現在變得冷清、慘澹。母狼也留下小狼，出去尋找食物。小狼出生後的頭幾天，獨眼曾多次返回印地安人的營地，偷取陷阱裡的兔子；但是，隨著積雪融化、溪流逐漸解凍，印地安人的營地也已經遷移，這個供應來源也就這麼斷了。

當小灰狼重新恢復活力，對遙遠的那道白牆再次燃起興趣時，他發現自己世界的成員已經減少了。他只剩一個姊妹，其他的同伴都不見了。隨著他變得更強壯，他發現自己不得不獨自遊耍，因為姊妹不再抬起頭，也不再四處走動。他小小的身軀因為現在有肉吃而變得豐潤；但對他的姊妹來說，這些食物來得太遲了。他的姊妹繼續沉睡，瘦小的骨架只剩下一層表皮包裹著，在其中燃燒的生命之火越來越微弱，最終熄滅了。

然後，小灰狼不再看到父親出現與消失在那面牆，也不再見他睡在入口處。這發生在第二次且較不嚴重的飢荒結束之時。母狼知道為什麼獨眼再也沒回來，但她無法告訴小灰狼自己看到了什麼。她曾自己出外獵食，沿著獨眼前一天留下的足跡，走向住著山貓的小溪左側支流。她在小路的盡頭找到了他，或者說是找到了他的遺骸。足跡的盡頭，留有許多打鬥的痕跡，以及山貓在獲得勝利後撤回巢穴的痕跡。離開之前，母狼找到了這個巢穴，但跡象告訴她山貓就在裡面，她不敢冒險進去。

在那之後，母狼在狩獵時避開了左側支流，因為她知道山貓的巢穴裡有一窩小山貓，她也知道山貓是凶猛、脾氣暴躁且可怕的戰士。對於五、六隻狼來說，要將吐著口沫、毛髮直豎的山貓趕到樹上是容易的事；然而，對於遇到山貓的孤狼，尤其在她知道山貓身後還有一窩飢餓的小山貓時，情況就完全不同了。

但是，荒野是荒野，母性是母性，無論是不是身處荒野，母性始終充滿強烈的保護力。總有一天，母狼會為了自己的小灰狼，大膽走向左側支流，找上那岩石間的巢穴，迎戰憤怒的山貓。

通往世界的那道光牆

當母狼離開巢穴外出獵食，小灰狼已經明白不准接近洞口的法則。不僅因為母狼多次強行用鼻子和腳掌讓他記住這條法則，恐懼的本能也在他的內心深處不斷發展。在短暫的洞穴生活中，從未遇過任何令他害怕的事物。然而，恐懼確實存在於他的心裡。這種恐懼是從遙遠的祖先透過千萬個生命傳承下來的，是他直接從獨眼和母狼那裡繼承的這份遺傳。對他們而言，那也是從無數世代的狼族那裡傳承下來的。恐懼——這是荒野世界的遺產，任何動物都無法逃避，也無法以任何美食來交換。

因此，這隻灰色的小狼已經懂得恐懼，儘管他並不知道恐懼是由什麼構成的。也許他將其視為生活中的一種限制，因為他已經學到生活中存在許多限制。他曾經感到飢餓，當飢餓無法獲得滿足，他就感受到了限制。洞穴牆壁的堅硬阻礙、母狼鼻子的用力推擠與腳掌的猛然揮擊，以及幾次飢荒中無法平息的飢餓感，都讓他深刻體會到這個世界並非一切都是自由的，生活有其侷限與約束。這些侷限與約束就是法則。遵守這些法則可以避免受傷，並帶來幸福。

他並不像人類經由推理來思考問題，而是只將事物分類成會造成傷害的與不會造成傷害的。經過這樣的分類，他避免那些會讓自己受傷的事物，也就是那些侷限和約束，以便享受生活中的滿足和報酬。

因此，出於服從母親制定的規則，以及莫名未知的法則——恐懼，小灰狼遠離洞口。洞口對他來說仍舊是一面白色光牆。母親不在的時候，大部分時間他都在睡覺，偶爾醒來的時候他會保持安靜，抑制住喉嚨中想要發出的嗚咽。

有一次，他清醒地躺在洞穴裡，聽到了白色光牆外傳來了一個奇怪聲音。他不知道那是隻站在洞外的狼獾，且因自己冒險的行為而顫抖，謹慎地嗅著洞穴內的氣味。小灰狼只知道那個鼻息是陌生的，是某種未經分類的事物，因此是未知可怕的，而未知是構成恐懼的主要因素之一。

小灰狼背上的毛豎了起來，但卻是靜悄悄地豎起，他怎麼知道要對這個正在嗅聞的東西豎起毛髮？這並不是源自於他的認知，而是內心恐懼的表現，這種恐懼在他的生活經歷是無法解釋的。但是，恐懼伴隨的是另一種本能——隱藏。小灰狼陷入極度恐懼之中，但他不動聲色地趴著，彷彿是冰凍石化的雕像，看起來就像死了一樣。母狼回來後嗅到了狼獾的蹤跡，她咆嘯著衝進洞裡，用她濃烈的關愛舔著小灰狼，嗅聞著他。小灰狼覺得自己不知怎麼地逃過了一次巨大的傷害。

但是，小灰狼體內還有其他力量在運轉，其中最強大的力量就是成長。本能與法則要求他服從，但成長則驅使他反抗。母親與恐懼迫使他遠離那道白色光牆。然而，成長就是生命，而生命注定要追求光明。因此，無法阻擋內心不斷升起的生命浪潮——隨著每一口吞下的肉、每一次的呼吸，他不斷地成長。最後，終於有一天恐懼和服從被湧動的生命給衝散，小灰狼搖搖晃晃地向洞口走去。

這面牆在接近時似乎會向後退去，與他經歷過的其他牆面都不同。小灰狼試探性地向前伸出柔軟的鼻子，卻沒有碰到堅硬的牆面。這面牆的材料似乎像光一樣可以穿透和彎曲。於是他走進這面被自己當作牆壁的地方，沐浴在構成牆壁的材質當中。

小灰狼非常困惑。他正穿越堅實的東西，而且光線越來越亮。恐懼催促他退了回去，但成長驅使他繼續前進。突然間，他發現自己已在洞口了。原以為自己被隔在洞穴內側的那道牆，忽然就遠遠的落到後方。光變得非常刺眼，照得他眼花撩亂。而且，這突如其來的廣闊空間也讓他頭暈目眩。不久後，眼睛自然地適應了明亮的光線，可以清晰地看到更遠的東西。起初，那牆壁超出了他的視野之外；現在他又看見了它，只是變得非常遙遠。此外，它的外觀也改變了，現在是一面色彩斑駁的牆，由緊鄰河岸的樹木、聳立在樹梢之上的群山，以及超越山峰的天空組成。

一陣巨大的恐懼籠罩著他，這是一種更為可怕的未知。他蹲伏在洞口邊，凝視著外面的世界。小灰狼非常害怕，因為是未知的世界，所以對他來說是敵對的世界。於是，他背上的毛豎了起來，嘴唇微微扭動，試圖發出凶猛而令人生畏的咆嘯。他以渺小而畏懼的身軀，向整個廣闊的世界發出挑戰和威脅。

然而什麼事也沒發生。他繼續凝視，因為過於投入而忘了咆嘯，同時忘了害怕。此刻，成長驅散了恐懼，以好奇心為引，他開始注意到了附近的物體——一段開闊的溪流在陽光下閃閃發光，一棵矗立在斜坡底下的枯萎松樹，還有那條一路對著他急升的斜坡，直到距離洞口附近兩英尺的蹲伏處，才開始變得緩和。

這隻灰色的小狼一直生活在平坦的地面上，從未經歷跌倒的疼痛，也不知道跌倒是什麼感覺。於是，他大膽地騰空踏出前腳，但後腿仍然停留在洞口附近，所以頭朝下向前滾了下去。鼻子狠狠地撞上地面，使他大叫了起來。然後他沿著坡道滾下去，一圈又一圈，令他驚恐萬分。未知終於抓住小灰狼，粗野地抓住了他，準備對他施加某種可怕的傷害。此時，恐懼勝過成長，他就像任何一隻受驚嚇的小狗般地哀嚎。

小灰狼不停的哀號，他不知未知的力量會帶來何種可怕的傷害。這與未知潛伏在身旁時那種僵硬蹲伏的恐懼完全不同。現在，未知已經緊緊抓住了他。保持沉默沒有任何好處。此外，讓他震撼的不是恐懼，而是驚駭。

不過坡度逐漸平緩，斜坡下覆蓋著草地。小灰狼滾到這裡就因失去動力而停下，並發出最後一聲痛苦的尖叫，然後是一聲長長的嗚咽。接著，就像生活中已經梳理過毛髮千百次般，他自然地舔去沾在身上的乾泥。

他坐起身四處張望，就像第一個登陸火星的人類一樣。小灰狼穿越了世界的牆壁，未知放開了對他的控制，而他毫髮無傷地在這裡。不過，就算出現了第一個登上火星的人類，其所經歷的陌生感仍舊比他少得多。沒有事先獲得相關知識，也沒有任何預告，他發現自己成為了一個全新世界的探索者。

現在那可怕的未知已經放過他，他已經忘記未知曾帶來的恐懼，現在只對周圍的一切感到好奇。他檢查腳下的草、不遠處的蔓越橘，以及矗立在樹林間空地邊緣的那棵枯松。一隻在樹幹附近跑來跑去的松鼠突然闖到面前，害他大吃一驚。他蜷縮著身體並大聲咆嘯。那隻松鼠也同樣嚇壞了，於是衝上樹梢，從安全的地方凶狠地吱吱叫加以回擊。

這增強了小灰狼的勇氣，儘管接下來遇到的啄木鳥讓他吃了一驚，他還是自信地繼續前行。他的自信如此之高，以至於有隻灰噪鴉莽撞地跳到他跟前時，他竟如同嬉戲一般，用腳掌去拍弄。而換來的結果是鼻尖被狠狠地啄了一下，這使得他忍不住縮起了身子，發出了尖銳的哀叫。這樣的聲響對鳥來說實在有些嚇人，便就趕緊飛走以求安全。

然而，小灰狼正在學習。他懵懂的小腦袋不自覺地進行分類，有生命的與沒有生命的東西。此外，他必須提防有生命的東西，那些沒有生命的總是留在原地，但是有生命的東西會四處移動，而且難以預料，為此他必須事先提防。

他笨手笨腳的往前走，經常絆倒或踩到東西，原本以為很遠的一根小樹枝，轉眼間就打在他的鼻子上或擦過肋骨。地面崎嶇不平，有時走得太大步會撞到鼻子，走得太小步則會踢到腳，還有那些踩上去就會拐到腳的沙礫和石頭。他因此明白，那些沒有生命的東西並不像洞穴那樣處於平穩狀態，而且，體積小的反而比大的更容易墜落或翻倒。不過他每受挫一次，便學到一點東西。他走得越久，就走得越穩。他不斷調整自己，學習估量自己的肌肉運作，認識自己身體的極限，測量物體之間、物體與自己之間的距離。

他是幸運的初學者，生來就是狩獵高手（儘管自己並不知道），第一次闖進這個世界，就在自己洞穴附近偶然發現了肉，這純粹是個失誤。他碰巧發現了巧妙隱藏的松雞窩，不過卻掉進了這個巢穴中。小灰狼試圖沿著一棵倒下的樹幹走去，腐爛的樹皮在腳下崩落，他慘叫一聲便滑了下去，撞穿了小灌木叢的枝葉，最終掉到了樹叢的中心位置，正好落在七隻小松雞之間。

起初他被小松雞的喧鬧聲嚇到。接著，他意識到這些小松雞非常幼小，於是變得大膽起來。小松雞動來動去，他用腳掌壓在其中一隻身上，那隻小松雞的動作變得更加激動。這讓小灰狼覺得十分有趣，他嗅了嗅，把小松雞叼進嘴裡。小松雞不斷掙扎，使勁的搔動他的舌頭，同時激起他的飢餓感。他用力一咬，脆弱的骨頭嘎吱一聲碎裂，溫熱的血液流進嘴裡。嘗起來很美味，這就是肉，和母親給他的一樣，只是這次還活生生地在兩齒之間，味道更好。於是他吃掉了小松雞，直到整窩吞掉才停下來。接著，他像母親那樣舔了舔嘴，準備爬出灌木叢。

這時，他遇到一陣羽翼拍打的旋風，那急速與憤怒拍打的翅膀弄得他頭昏眼花。小灰狼把頭埋在腳掌之間，大聲尖叫。攻擊越來越猛烈，母松雞極為憤怒。接著小灰狼也生氣了，他起身咆嘯，用腳掌猛烈回擊。他小小的牙齒咬住了一隻翅膀，猛力拉扯。母松雞掙扎抵抗，另一隻翅膀如落雨般朝他猛烈拍打。這是他的第一場戰鬥，他興奮不已，完全忘記了未知是什麼，不再害怕任何事物。他在戰鬥，撕扯這個正在攻擊自己的具有生命之物。而且，這個有生命的東西也是肉。殺戮的慾望在他心中燃起。他剛剛才殺死了幾隻嬌小的生命，現在則要殺死一隻大的。小灰狼非常忙碌與快樂，甚至沒有意識到自己正樂在其中。他處在前所未有的欣喜若狂裡，比起以往任何時候都要強烈。

他牢牢咬住翅膀，雙顎緊咬迸出低沉的咆嘯。母松雞將他拖出灌木叢。當母松雞轉身試圖把他拖回灌木叢的隱蔽處，他則扯著母松雞向外拉出。期間，母松雞不停地啼叫並拍打翅膀，羽毛像雪花一樣飛舞。他被激起的情緒高漲到了極點，狼族的戰鬥熱血在他體內沸騰奔湧。這才是真正的生活，儘管他並不明白。小灰狼實踐了自己活在這個世界的意義，正在做他天生就該做的事——捕殺獵物和為此而戰。他在證明自己的存在，這是生命所能達到的最大成就：因為當天賦發揮到極致，生命就達到了巔峰。

過了一段時間，母松雞停止了掙扎。小灰狼仍咬著母松雞的翅膀，他們躺在地上互相對視。他試圖發出凶猛的低吼加以威嚇，而母松雞不斷啄著他的鼻子，他的鼻子因歷經先前冒險的碰撞已疼痛不堪。他退避但沒有鬆口，母松雞則啄了又啄。他由退避轉為嗚咽，試圖退後避開母松雞，卻渾然不知緊咬的母松雞被自己拖在身後。無情的啄擊落在他已經受傷的鼻子上，小灰狼的鬥志逐漸消退，於是放掉口中的獵物，夾著尾巴轉身逃跑，倉皇地穿越空地。

他跑到空地另一頭的灌木叢邊緣躺下休息，伸出舌頭，胸口不斷起伏喘息，鼻子仍然疼痛，使他不斷發出嗚咽哀鳴。但是，就在他躺著的時候，突然有種大難臨頭的感覺。未知的恐懼猛然襲來，小灰狼本能地躲進灌木叢的遮蔽中。就在此刻，一股氣流掃過他，一個長著翅膀的巨大身軀不祥而無聲地掠過。一隻從藍天俯衝而下的老鷹險些抓住了他。

從驚嚇中回過神來的小灰狼躲在灌木叢，驚恐地向外張望，空地另一頭的母松雞撲騰著飛出遭破壞的巢穴。母松雞因為失去雛鳥，沒有注意到天空那雙快如閃電的翅膀。但小灰狼全看到了，這對他來說是一個警告和教訓——老鷹迅速俯衝，低空掠過地面，利爪抓傷母松雞的身體，使她驚恐而淒厲的啼叫，接著只見老鷹帶著母松雞衝向藍天。

小灰狼在樹叢裡待了很久才出來。他學到了許多事情，有生命的東西就是肉，而且很好吃。同時，當有生命的東西夠大隻，也可能帶來傷害，因此最好是小松雞那樣的小東西，然後別招惹像母松雞這等大的東西。然而，他心中仍有一絲野心，暗自希望能和那隻母松雞再戰一場——只是她已經被老鷹抓走了，也許哪裡還會有其他的母松雞，於是他決定去找找看。

小灰狼走下堤岸的斜坡來到溪邊。他以前從未見過水，表面看起來很平坦，沒有凹凸不平的地方，看似很好走。他大膽地踏了上去，隨後立即發出驚慌的尖叫，並掉進未知的懷抱中。水很冰，他倒吸了一口氣，急促地喘息著。水湧入他的肺部，取代了往常呼吸的空氣。他感到窒息就像死亡般痛苦，對他來說這就是死亡。他對死亡並沒有清晰的認知，但就像所有荒野的動物一樣，他擁有死亡的直覺。對他來說，死亡代表了巨大的傷害，它的本質是未知，是未知恐懼的總和，也可能是發生在他身上最大、最難以想像的災難。他對此一無所知，卻充滿了恐懼。

他浮出了水面，新鮮的空氣灌進他張開的嘴。他沒有再次下沉，彷彿這是他早已習慣的動作，他划動四肢開始游泳。最近的溪岸就在一碼外，但他浮出水面時剛好背對著它，第一眼看到的是對面的溪岸，於是他立刻向對岸游了過去。這條溪流原本很小，但是在洄流處的深潭則有二十英尺寬。

游到半途，水流帶著小灰狼沖往下游。他被深潭底部的小湍流困住，幾乎沒有游動的機會。平靜的水面突然變得狂暴，有時被捲入水底，有時又浮出水面。他不停地劇烈移動著，不是被翻過來轉過去，就是撞上岩石，每每撞到岩石就大聲尖叫。從他一路一連串的尖叫聲，大概可以推斷他一路撞到岩石的數量。

急流下方是另一個水潭，他在這裡被漩渦困住，緩緩地被推到岸邊，並和緩地擱淺在一片碎石灘上。小灰狼發狂似地爬出水面，隨即躺了下來。他對這個世界又有了更多的瞭解。水是沒有生命的，但它會動，而且看起來跟地面一樣堅實，卻一點也不穩固。於是他得到了一個結論，事物並不總是如表面上看起來那樣。小灰狼對未知的恐懼是來自遺傳的多疑，如今這經歷更是加深了他的多疑。關於事物的本質，從那時起他便會對其外觀抱持著永遠的懷疑。他必須先瞭解事物的真實情況，然後才能相信。

這一天他注定要歷經另一次的冒險。他想起世界上還有母親這樣的事物存在，忽然感到自己對母親的需求超越世界上的其他東西。他的身體不僅因為歷險而疲憊不堪，小小的腦袋也同樣疲憊。小灰狼有生以來不曾像今天這般勞苦。此外，他也感到睏倦，一陣壓倒性的孤獨與無助襲來，他開始尋找起洞穴與自己的母親。

他爬行在幾叢灌木之間，突然聽到一聲尖利的威嚇叫聲，眼前一道黃色身影閃過，一隻鼬鼠敏捷地跳離他的身邊。那是隻體型小而有生命的東西，他並不害怕。接著，他的腳下另有一隻體型極小的生物，只有幾英寸長，那是跟他一樣不服規矩出來探險的小鼬鼠。這隻小鼬鼠試圖逃離他，卻被他一腳翻了過來。小鼬鼠發出一種奇怪而刺耳的聲音，就在此刻那黃色身影又出現在他面前。他再次聽到那威嚇的叫聲，同時脖子側面受到一陣猛烈的撞擊，並感受到母鼬鼠的尖牙刺進他的皮肉裡。

接著就看到母鼬鼠跳到幼獸身旁，一起消失在附近的樹叢裡。母鼬鼠的利齒在他脖子上留下的傷口仍疼痛著，卻比不上心理所受的傷，他無力地坐在地上嗚咽著。母鼬鼠的體型這樣小，竟如此凶猛。他還不知道，就體型和重量而言，鼬鼠是荒野中最凶狠可怕、報復心最強的獵殺者。不過，他很快就會學到這一切。

他仍在嗚咽啜泣著，這時母鼬鼠再度出現。現在孩子安全了，母鼬鼠並不急著攻擊，而是更加謹慎地接近他。小灰狼有充分的機會觀察那像蛇一樣瘦削的身體，還有那像蛇一般直挺、渴望的頭部。母鼬鼠尖銳而具威嚇的叫聲，讓小灰狼背上的毛髮豎立了起來，隨之咆嘯示警。但母鼬鼠步步逼近，突然縱身一躍，在他尚不熟練的視覺反應過來之前，那瘦削的黃色身體便消失在他眼前。下個瞬間，那隻母鼬鼠撲到他的頸部，牙齒深深嵌進他的皮毛裡。

小灰狼起初咆嘯並試圖戰鬥，但他的經驗還不足，而且這只是他探索世界的第一天，他的咆嘯變成了哀號，戰鬥也成了逃脫的掙扎。母鼬鼠完全沒有放鬆，死命地咬住他，用牙齒刺向他頸部那條血液湧動的大動脈。鼬鼠是吸血動物，尤其喜歡從活生生的獵物喉嚨裡吸取鮮血。

如果不是母狼及時穿越灌木叢，小灰狼早就死了，也就不會有接下來的故事了。母鼬鼠放開了小灰狼，撲向母狼的喉嚨，但未能成功，卻咬住了她的下顎。母狼像鞭子一樣把頭猛力一甩，掙脫鼬鼠，並將她高高甩向空中。而就在半空中，母狼一口咬住那瘦削的黃色軀體，鼬鼠在嘎吱聲中斷送了性命。

小灰狼再次感受到母親的疼愛。母狼找到孩子的喜悅，似乎比他自己被找到的喜悅還要強烈。她用鼻子蹭他、撫慰他，舔著他被鼬鼠咬傷的傷口。然後，母子倆一起吃掉那隻吸血的動物，接著就回到洞穴裡睡覺了。

吃或被吃的生存法則

小灰狼進展的速度相當快，才休息了兩天，就又大膽地走出洞穴。在這次探險中，他發現了上次那隻幼小的鼬鼠。小灰狼曾經一起吃掉那隻小鼬鼠的母親，而這次他確定這隻小鼬鼠會有同樣的下場。在這次的冒險中，他沒有迷路，累了就回到洞穴睡覺。此後的每一天，他都跑出洞穴外面，探索的範圍也更廣闊了。

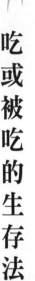

他變得能夠準確評估自己的實力與弱點，並知道何時該大膽、何時該謹慎。他發現最好保持謹慎，除了那少數幾次確信自己無畏的時刻，他會放縱自己的怒氣與欲望。

每當小灰狼巧遇迷路的松雞，就會像個狂怒的小惡魔。只要聽到枯死的松樹那兒傳來當初遇到的松鼠在嘰嘰喳喳，他一定會凶猛回應。每當見到灰噪鴉，幾乎沒有例外地使他陷入極為狂暴的憤怒之中，因為他從未忘記第一次遇見灰噪鴉時，鼻子被啄的疼痛。

但是，有些時候連灰噪鴉也無法影響他，那就是當他感到自己處在其他肉食動物的獵捕威脅中。小灰狼從未忘記那隻老鷹，每當看見他們移動的影子，總讓他鑽進最近的樹叢裡。他不再笨拙或蹣跚地爬行，而是模仿母親的步態潛行而鬼祟，表面上毫不費力，以一種難以察覺的速度滑行。

獵食方面，他的運氣在一開始便已用盡。到目前為止，他總共殺了七隻小松雞與一隻小鼬鼠。隨著時間推移，小灰狼對殺戮的欲望日益增強，渴望獵捕那隻喋喋不休、總是向其他動物透露自身蹤跡的松鼠。然而，鳥兒能在空中飛，松鼠能爬樹，而小灰狼只能等待松鼠下到地面，再設法悄悄靠近。

這隻小狼對母親懷著極大敬意。她能找到肉食，而且從未忘記分他一份。此外，她無所畏懼。他並不知道這種無畏是建立在經驗與知識之上。他印象裡那便是力量的展現，而母親就代表了力量。逐漸長大的他，從母親腳掌的嚴厲告誡中感受到這力量；以往鼻子輕推的斥責也被利牙猛咬所取代。正因如此，他尊敬自己的母親。她強迫他服從，小灰狼越長大，她的脾氣就越急躁。

飢荒再次降臨，小灰狼更清楚地感受到飢餓的滋味。母狼為了追尋獵物而變得非常瘦弱，幾乎不在洞穴裡睡覺，大部分時間都在追逐獵物的蹤跡，卻是徒勞無功。這次的飢荒並沒有維持太久，卻非常嚴重。小灰狼發現母親的乳房沒有任何一滴奶水，而且自己連一口食物也找不到。

在此之前，他把打獵當作遊戲，純粹為了娛樂；現在，他得全力以赴地尋找獵物，但卻一無所獲。然而，這些失敗加速了他的成長。他更加仔細地研究松鼠的習性，以更純熟的技巧去偷襲和驚懾他們。他觀察了姬鼠，試圖將他們挖出地洞；他對灰噪鴉和啄木鳥也有了更多的了解。有一天，他不再因為老鷹的影子而鑽進樹叢。小灰狼變得更強壯、更聰明、更有自信，卻也感到絕望。於是，他明擺著蹲坐在空地上，想要誘使老鷹從天空俯衝而下。因為他知道在藍天上高飛的是肉，是胃袋急切渴望得到的肉。但是老鷹不肯下來與他戰鬥，也只好帶著失望與飢餓離開，嗚咽著爬進樹叢中。

飢荒暫時中斷，母狼帶回了食物。這是一種奇怪的肉，有別於以往所帶回來的。那是一隻發育中的小山貓，跟小灰狼一樣，但體型沒有他大。母狼將整隻小山貓給他，她似乎已經在其他地方填飽肚子。儘管他不知道其他小山貓全都進了她的胃，也不知道她孤注一擲的行動。他只知道這隻披著皮毛的小山貓就是肉，他吃得津津有味，每吞下一口心情就愈加愉快。

吃飽之後，小灰狼變得昏沉，躺在洞穴裡依偎在母親身旁睡著了。突然，他被母狼的咆嘯驚醒。他從未聽過母親如此可怕的叫聲。或許這是她一生中最可怕的一聲咆嘯。她比誰都更清楚是怎麼一回事，在掠奪山貓巢穴後怎麼可能安然無事。午後豔陽的照耀下，小灰狼看見母山貓蹲伏在洞穴入口處。當他看到這一幕，背脊上的寒毛都豎了起來。這是恐懼，不需依靠本能來告訴他。如果眼前的景象不足以說明現在的情況，那麼入侵者發出的怒吼聲，先是一聲咆嘯，接著突然轉為沙啞的嘶吼，也足以說明這一切有多令人驚恐。

小灰狼感受到體內生命的驅使，他站起身，勇敢地跟在母狼身旁咆嘯，但母狼卻毫不留情地用力將他推到身後。由於洞口低矮，山貓無法一躍而入，當他匍匐前進時，母狼撲上去將他壓制在地。小灰狼幾乎沒有看到戰鬥的過程，只聽見響亮的咆嘯、怒吼與尖叫聲。這兩隻動物激烈地扭打，母山貓牙爪並用，連撕帶咬，而母狼僅憑一口利牙。

小灰狼一度跳了進去，咬住山貓的後腿。他緊咬不放，凶猛地咆嘯著。雖然他沒有察覺，自己的體重阻礙了山貓腿部的行動，從而減輕了母狼的傷害。戰鬥中，激烈的情勢變化將他壓在她們身下，被迫鬆開口。接著，兩隻母獸分了開來，在她們彼此衝撞之前，山貓用巨大的前爪揮擊小灰狼。他的肩膀被撕裂，而且深可見骨，同時猛烈地撞向一旁的土牆。於是，這場戰鬥的喧囂之中，又增添了小灰狼疼痛並恐懼的尖叫聲。這場戰鬥持續了很長的時間，以致於他有時間哀號，並再次鼓起勇氣直到戰鬥結束，他二度緊咬山貓的後腿，嘴裡發出狂暴的咆嘯。

山貓死了，但母狼變得非常虛弱，而且病得很重。起初她還輕撫著小灰狼，舔舐他受傷的肩膀；然而流失的血液耗損了她的體力，整整一天一夜都躺在死去敵人的屍體旁無法動彈，差點沒了氣息。接下來的一週，她幾乎不曾離開洞穴，除了取水外。她的動作很緩慢並且痛苦。當山貓的肉吃完，母狼的傷口也終於癒合得差不多了，得以再次出去尋找獵物。

小灰狼的肩膀僵硬而疼痛，由於遭受那次可怕的攻擊，有一段時間走起路來都一瘸一拐的。但現在的世界似乎變得不太一樣了。他帶著更大的自信四處走動，一種與山貓激戰前從未有過的強大感受。他以更凶猛的眼光看待生命。他經歷過戰鬥，曾經深深咬進敵人的肉裡，而且倖存了下來。正因為這一切，他變得更加大膽，還帶著幾分以往沒有的狂傲氣息。他的膽怯消失了大半，不再害怕小東西，儘管未知始終以其神祕、恐怖、難以捉摸與無盡的威脅壓迫著他。

小灰狼開始跟隨母親一起追尋獵物，見識到了許多獵殺行動，並逐漸在其間發揮自己的作用。他以模糊的方式學到了獵食的法則。這個世上有兩類生物——他自己所屬的一類與另一類。他自己所屬的這一類包括母親與他自己。另一類包括所有會動的生物，不過又有所區分，其中一部分是會被他自己這一類所獵殺並且吃掉，是由非獵食者與小型獵食者組成。另一部分則是會獵殺與吃掉自己的，也可能被自己這一類獵殺並吃掉的。在這樣的分類中產生出一套法則，生命的目標就是獵食。生命本身就是要被吃掉的食物。生命靠著其他生命維持。存在於這世界中的獵食者與被獵食者，法則便是：吃或被吃。他並非用明確清晰、有條理的方式去制定或遵守這個法則。他甚至沒去思考這個法則，僅是未加思索地依循這個法則生存。

他看到這個法則在自己周圍時時運轉。他吃了小松雞，老鷹則吃了母松雞，而老鷹本來也會吃掉他。後來，當他變得更加強大，換成他想吃掉老鷹。他吃掉小山貓，如果母山貓沒有被殺死並吃掉，自己也可能已經被她吃掉了。事情就是如此運作，所有的生物都圍繞著這生活的法則，而他自己也是法則的一環。他是獵食者，唯一的食物就是肉，活生生的鮮肉，那些從他眼前快速逃跑、飛上天空、爬上樹梢、躲進地下、迎面對戰的，又或者反過來追逐他的獵物。

如果小灰狼以人類的方式思考，可能會將生命概括成一種貪婪的食慾，而這個世界則是一個充滿各種食慾的地方，互相追逐與被追逐，獵食與被獵食，吃與被吃。一切處於盲目與混亂、暴力與失序之中，是一個由貪婪與屠殺構成的混沌世界，全由冷血無情、漫無計畫、永無止境所支配。

然而，小灰狼並不是以人類的方式思考，也沒有遠大的眼光去看待事物。他專注於單一目標，每次只會擁有一個想法或慾望。除了獵物的法則，還有無數其他次要的法則需要他去學習與遵循。這個世界充滿了驚奇。他的內在生命蠢蠢欲動，肌肉的運作帶給他無盡的歡愉，追逐獵物讓他體驗到了快感與興奮，他的憤怒與打鬥都是一種喜悅。恐懼本身與未知的神祕感，都豐富了他的生命。

而且，他的生活中也有和緩與滿足的時候。填飽肚子，慵懶地在陽光下打瞌睡——這是他以熱忱與辛勞換取的報酬，而他的熱忱與辛勞本身也是對自己的回饋。它們是生命的展現，而生命在展現自己時總是快樂的。因此，小灰狼沒有對充滿敵意的環境感到不滿。他非常活躍、非常快樂，並且對自己非常自豪。

PART

3

凌駕於萬物之上的主宰者

幼狼與母狼來到了印地安人的營地，並且被取名為「白牙」，馴服於人類。然而遇到人類並沒有為他帶來幸福，反而遭到殘酷的對待。他很快就了解棍棒的世界以及這裡的生存法則，澈底讓他的性格變得更為凶狠。

法律與正義的執行者

小灰狼突然遭遇到了意想不到的事。這是他的錯，太過粗心了。他離開洞穴，跑到溪邊喝水，可能是因為太睏了，所以沒有留意四周的情況（他整夜都在外獵食，剛剛才醒過來）。而他的粗心大意，或許是因為對通往溪流的這條路太過熟悉所致。他經常走過這裡，從未發生什麼事。

他走過那棵枯松，穿過空地，匆忙跑進樹林間。就在那一瞬間，他看見並嗅聞到，靜靜坐在他眼前的，是五個以往從未見過的生物。這是他第一次看到人類。但是這五個人見到他並沒有跳起來，也沒有露出牙齒，更沒有咆嘯。他們動也不動地坐在那裡，靜默而陰沉。

小灰狼也沒動，天生的本能應該會驅使自己奔逃，但突然間，他的內心第一次興起違反本能的反應，一股巨大的敬畏感猛然升起，自覺無比軟弱與渺小，這將他壓得動彈不得。這裡存在的主宰與力量，是他遠遠無法企及的東西。

小灰狼從未見過人類，但對於人類的反應完全出自直覺。他隱約覺得人類這種動物在戰鬥中凌駕於其他荒野中的動物。現在小灰狼注視著人類，不僅只透過自己的雙眼，而且還透過他所有祖先的眼睛看著——這些眼睛曾在黑暗中環顧無數冬夜營火，隔著安全距離、從灌木叢的深處，窺視那些主宰所有生物的奇怪兩腳動物。世代承襲而來的魔咒籠罩著他，這是幾個世紀的鬥爭與狼族積累的經驗所產生的畏懼與尊敬。這樣的遺產對於一隻年幼的狼來說，毫無招架之力。

如果他已成長完熟，也許早就逃走了。但現在，他卻因為恐懼而瑟縮癱軟，就如同狼族第一次服從地坐在人類營火旁取暖，小灰狼也表現得近乎順從。

一個印地安人站起身，走到他身旁，俯身在他上方。小灰狼更加畏縮地貼近地面，未知終於體現為具體的血肉之軀。這個人彎下腰想伸手抓住他。他的毛髮不自覺地亂竄起來，他翻起嘴唇，露出稚嫩的利牙。那隻手如同一道懸在他頭頂上的厄運，那個人遲疑了一會兒，接著笑著說：「瞧！是白色的尖牙。」其他印地安人大聲笑了起來，並慫恿那個人把小灰狼抓起來。

隨著那隻手越靠越近，小灰狼內心展開一場本能的交戰，他感受到兩股巨大的衝動——屈從與戰鬥。最終他採取了折衷的行動，兩樣都做。他先是屈服，直到那隻手快要碰到他時便起身戰鬥，牙齒一閃，一口咬住那隻手。接著，他的腦袋從旁挨了一拳，打得他側身倒地。他的鬥志瞬間消失，取而代之的是幼犬稚嫩與順從的本能。他坐起來嗚咽哀鳴，但是被咬到手的人怒氣未消，又一拳打在他另一邊的腦袋。他再度坐了起來，叫得比之前更加用力。

四個印地安人笑得更開懷了，就連被咬的那個人也大笑了起來。他們圍著小灰狼嘲笑，而他則因為恐懼與疼痛大聲哀號。這時，他聽到了什麼聲音，那些印地安人也聽到了。他認得這個聲音，於是發出最後一聲長長的嚎叫，這聲長嚎中更多的是勝利而不是悲傷，然後他安靜了下來，等待他母親的到來——他那凶猛不屈、戰無不勝與毫無畏懼的母親。母狼聽到小灰狼的叫喚，一路呼嘯著飛奔前來救他。

她衝進印地安人的包圍之中，焦慮而激憤的母性使她看起來面目猙獰。但在小灰狼眼中，母親保護性的憤怒景象卻令他欣喜。他高興得輕聲吠叫，蹦蹦跳跳地迎向她，而那些人則趕緊往後退了幾步。母狼護著小灰狼，面對著那些人，豎起毛髮，喉嚨深處發出低沉的咆嘯。她充滿威嚇的臉孔惡毒扭曲，整個鼻梁從鼻尖皺到眼睛，咆嘯聲異常驚人。

這時，其中一個人突然大叫一聲。「綺姬！」。這是一聲驚訝的呼喊。小灰狼感覺到母親聽到那聲音之後退縮了。

「綺姬！」那人又喊了一聲，這次是帶著嚴厲而權威的語氣。

然後，小灰狼看到自己的母親——無所畏懼的母狼，不但伏低身體直到腹部貼地，還搖著尾巴發出低鳴，表現出一副求饒的樣子。小灰狼既無法理解，也感到震驚，於是對人類的敬畏之情再度襲來。他的直覺是對的，母親的行為證實了這一點。她也屈從於人類這種動物。

那個說話的人走向母狼，將手放在她的頭上，而她只是蹲得更靠近，卻沒有猛咬反擊，也沒有張口威嚇。其他人也圍了過來，摸摸她，搔弄她，而她也沒有反抗。這些人非常興奮，嘴裡發出許多嘈雜的聲音。小灰狼覺得這些聲音並沒有危險的跡象，於是蜷縮在母狼身邊，儘管仍不時豎起毛髮，但也盡力表現出服從的樣子。

「一點也不奇怪，」一個印地安人說：「她的父親是一匹真正的狼。儘管她的母親確確實實是一隻狗；不過在交配的季節裡，我哥不是把她拴在樹林裡整整三個晚上嗎？所以綺姬的父親肯定是狼。」

「灰鬍子，她溜走至今已經一年了。」第二個印地安人說。

「這並不奇怪，鮭魚舌。」灰翳子回答，「那時正在鬧飢荒，根本沒有肉可以給她吃。」

「她都跟著狼群一起生活。」第三個印地安人說。

「看來似乎是這樣，三鷹。」灰翳子回答道，並將手放在小灰狼身上，「這就是證明。」

當那隻手觸碰到小灰狼，小灰狼咆嘯了幾聲。灰翳子趕緊將手縮了回去，作勢給他一拳。於是，小灰狼收起利牙，順從地蹲下，而那隻手再次伸了過來，來來回回撫弄著他的耳後與背部。

「他就是個證明。」灰翳子接著說：「顯然他的母親是綺姬，但父親是一匹狼。因此，他身上狼的血統居多。他的利牙很白，就取名叫白牙吧！就這麼說定了，他是我的狗。因為綺姬是我哥的狗，不是嗎？而且我哥也已經死了。」

於是，這隻小灰狼在世界上得到了一個名字。他趴在地上觀望著，人類的嘴巴繼續發出嘈雜的聲音。接著，灰翳子從掛在脖子上的刀鞘裡抽出一把刀，走進樹叢裡砍了一根木棍。白牙繼續觀望著他。他在木棍的兩端刻上凹痕，然後在兩端凹痕處各別綁上皮繩，一端綁在綺姬的脖子上，然後把她帶到一棵小松樹旁，將另一端綁在松樹的樹幹上。白牙跟在身後，然後趴在母狼身邊。綺姬看著鮭魚舌伸手將他弄得四腳朝天感到不安。

恐懼再度襲上白牙心頭，他忍不住咆嘯了一聲，但沒有張口咬人。那隻手的手指，或彎曲或張開，嬉鬧地搓揉他的肚子，並把他從這一邊滾到另一邊。這樣四腳朝天，看起來既荒謬又醜陋。像這樣極度無助的姿勢，令白牙本能地想要奮起反抗，因為這讓他無法自我防衛。如果這個人有意傷害他，白牙知道自己絕對逃不掉。他如何能以騰空的四條腿一躍而起呢？然而，屈從使他掌控了自己的恐懼，他只是輕聲地吼叫。他無法壓制這輕吼，不過人類也沒有因此發怒而朝他頭部揮擊。而且，令白牙感到奇怪的是，那隻手來回搓揉時，竟讓他感受到一股莫名的愉悅。他在被側身翻滾時便停止了吼叫，當手指在他耳朵根部搓揉，那種愉悅的感覺更強烈了。接著，那個人又揉搓、搔弄幾下後便留下他離去，白牙所有的恐懼也隨之消失。接下來在與人類打交道的過程中，他還是不免多次地感到恐懼，然而，這也象徵著他最終將擁有與人類之間無所畏懼的情誼。

過了一會兒，白牙聽到了奇怪的嘈雜聲接近。他敏捷的分類，立刻認出這些是人類的聲音。幾分鐘後，部落的其他成員就像行軍隊伍般，一個挨著一個依序前進。那裡有更多的男人、婦女和小孩，大約有四十個人，所有人都扛著沉重的紮營工具與裝備。這裡還有許多狗，而且除了部分還在成長的幼犬，這些狗也都背負著營具。每隻狗都背負著二十到三十磅重的東西，袋子牢牢地捆在他們身上。

白牙從未見過狗，但一看到他們，就覺得是自己的同類，只是有些地方不太一樣。不過，在他們察覺到小灰狼與他的母親時，幾乎與狼群的反應一致，突然都衝了過去。面對那些張著嘴迎面而來的狗群，白牙毛髮直豎、狂吼猛咬。他被壓在地上，感受銳利的牙齒撕咬他的身體，而他自己也啃咬著上方的腿與腹部，場面一片混亂。他能聽到綺姬為自己而戰的咆嘯，也能聽到人類的叫喊、棍棒擊打身體的聲音，以及被擊中的狗所發出的痛苦哀嚎。

才過了短短幾秒，白牙又站了起來。他看見人類為了保護自己，用棍棒與石塊將狗驅退，並將他從那些看起來像同類又不是同類的利牙下救了出來。雖然他的腦子對正義這種抽象的概念沒有明確的認識，但他還是以自己的方式感受到了人類的正義，他知道他們會制定並執行法則。此外，他還很欣賞人類執行這些法則的能力。不像他之前遇到的其他動物，人類既不啃咬也不撕抓，而是利用那些沒有生命的物體，為自己的生存增添力量。那些沒有生命的物體任由他們擺布。在這些奇怪生物支配之下，棍棒、石頭等猶如活物一般騰起飛過空中，對狗群造成嚴重傷害。

在他心中，這是一種非比尋常又難以想像、超越自然的力量，宛如神力。就白牙的天性而言，他注定永遠無法知道神的事情，頂多只能將此視為超乎自己理解的事物。但他對人類的那些驚奇與敬畏，在某種程度上就像人類看到某種天體生物，在山頂上用雙手向世界投擲雷電一樣。

最後一隻狗也被趕走了，喧鬧聲漸漸平息。白牙舔了舔自己的傷口，並且思考著這次的經歷，這是他第一次嘗到狗群的殘酷無情，也是他認識狗群的開端。他做夢也沒想到，除了獨眼、母親和自己以外，還有其他同類。他們以往自成一類，然而現在，他突然發現還有許多顯然是同類的其他生物。他下意識對這些一見面就撲過來、企圖消滅自己的同類感到憤怒。同樣地，對於母親被人類用棍棒捆綁也感到憤慨，儘管這是那些優越的人類所為。這充滿了誘捕和束縛的滋味，然而他對誘捕和束縛一無所知。自由徜徉、奔跑、隨意躺臥是他遺傳到的天性，但現在卻受到了侵犯。母親的行動被限制在一根木棍的長度範圍之內，而白牙也因為還沒大到可以脫離母親的保護，而被這根棍子的長度限制了行動的範圍。

他不喜歡這樣。他也不喜歡這些人類起身繼續上路時，有個矮小的傢伙牽著木棍的另一端，領著綺姬，讓她跟在後方，而自己得跟在母親後面。白牙對這趟全新的冒險感到非常不安與擔憂。

他們沿著河谷向下走，遠遠超過白牙曾經走過的最遠距離，直到河谷的盡頭，小溪匯入麥肯齊河之處。在這裡，獨木舟高高懸撐在木樁上，還有用來風乾漁獲的網架，人們在這裡紮營，白牙驚奇地看著這一切。這些人類的優越性隨著時間不斷提升，他們完全掌控了這群有著一口利牙的狗群，散發著權力的氣息。但是在小灰狼眼中，更厲害的是他們能操控沒有生命的東西，還能改變世界的樣貌。

最後一項尤其讓他印象深刻。他們立起架子的動作引起了他的注意，不過對那些能將木棍與石頭丟到遙遠地方的生物而言，這個動作本身並不足為奇，而這些架子被覆蓋上布料和皮革，變成圓錐形的帳篷時，讓白牙感到震驚。巨大的體積讓他留下深刻印象。這些東西在他四周紛紛搭起，就像某種快速生長的畸形生物，幾乎占滿了他的視野，令他害怕。這些東西不祥地聳立在他眼前，微風吹動引起巨大晃動時，更教他嚇得縮成一團，雙眼緊緊盯著，以防這些東西撲來時好立刻跳走。

過沒多久，他對帳篷的恐懼便消失了。他看到婦女與孩子在帳篷裡進進出出，竟沒有受到任何傷害，還看見狗兒常常試圖鑽進帳篷，但都被高聲喝斥和飛擲的石塊趕走了。一會兒之後，他離開了綺姬身邊，小心翼翼地爬向最近的一座帳篷。不斷增長的好奇心促使他這麼做——這是從學習、生活與行動中獲取經驗的必經過程。在他爬到距離帳篷最後幾英寸的地方，白牙放慢了速度，變得非常謹慎。這一天發生的事已經讓他準備好面對以最驚人、最匪夷所思的方式呈現出來的未知。最後，他的鼻子觸碰到了帆布，等待了一會兒，什麼也沒發生。接著，他嗅了嗅充滿人類味道的奇怪布料。他咬住布料，輕輕扯了一下，除了鄰近部分晃了一下，什麼事也沒發生。他再度用力扯了扯，使它晃動得更厲害。這讓白牙感到極為有趣，他使勁地反覆拉扯，直到整座帳篷都在晃動。這時，裡頭傳來一聲尖銳的叫罵，他趕緊跑回綺姬身旁。從此之後，他再也不怕那些陰森森的帳篷了。

過了一會兒，他又離開母親跑去閒晃，而她脖子上的那根木棍被綁在地上的一根木樁上，讓她無法跟著。一隻年齡、體型稍大，但還沒成長完熟的狗，帶著炫耀與好戰的傲氣慢慢走向他。白牙後來聽到人們喊他叫「利唇」，他在幼犬的打鬥中已經有些經驗，早就是個橫行霸道的傢伙了。

利唇是白牙的同類，而且只是一隻小狗，看起來並不危險，所以白牙準備友善地迎向前去。然而，當對方步行的姿態轉為四肢緊繃、翻唇露齒，白牙也挺直了身體、翻起嘴唇回敬。他們繞著彼此半圈，毛髮豎立，互相叫囂試探。持續對峙幾分鐘後，白牙逐漸覺得有趣，將此視為一種遊戲。但突然，利唇以驚人的速度躍了過來，猛然地咬了一口又迅速逃開。這一口咬在先前被山貓抓傷、靠近骨頭深處仍然隱隱作痛的肩膀上。白牙被這突如其來的舉動嚇得大叫一聲，頓時怒氣沖沖地撲向利唇，狠狠地張口猛咬。

不過利唇從小就在營地生活，早已累積許多與幼犬打鬥的經驗。三下、四下，甚至五、六下，他小小的利牙咬在這個新來的身上，直到白牙毫無顧忌地哀嚎著逃回母親的庇護下。這是他與利唇之間多次打鬥的第一戰，因為他們是天生的仇敵，天性注定讓他們衝突不斷。

綺姬舔著白牙給他安慰，試圖說服他留在自己身邊。不過，幾分鐘後，他因為控制不住自己的好奇心，再度展開新的探索。他遇見其中一個人類——灰鬍子，正蹲在地上用樹枝與乾苔蘚做些什麼。白牙走近並觀察他，認為從他嘴裡發出的聲音並非敵意，於是又走得更近了一些。

婦女與孩子扛著更多的枯木與樹枝給灰鬍子，這顯然是一件非常重要的事。白牙走近湊到灰鬍子的膝蓋邊，好奇心使他忘記這是可怕的人類。突然間，他看見灰鬍子手底下的樹枝與苔蘚開始冒出像霧一樣的奇怪東西。接著，在這些枯枝間出現一個活生生的東西，不停地扭動，顏色就像天空中的太陽。白牙對火一無所知，它就像洞口的光吸引著幼年時的他。他向火焰爬近幾步，聽見灰鬍子在他上方咯咯笑著，他知道這聲音並沒有敵意。接著，他的鼻子碰到了火焰，同時，他的小舌頭也伸向了火焰。

在那一瞬間他驚呆了，潛伏在枯枝和苔蘚中的不明生物野蠻地掐住他的鼻子。他慌忙地向後退去，爆出一陣哀號。綺姬聽到這個叫聲，趕緊跳到繩子的尾端，但又沒辦法過去幫他，只好發出陣陣怒吼。灰鬍子卻拍著腿高聲笑著，還把這件事告訴營地裡的其他人，直到所有人哄堂大笑。而白牙則蹲坐在地上不斷哀嚎，成為人類眼中一個孤單而可憐的小角色。

這是他所經歷過最嚴重的傷害，鼻子與舌頭都被灰鬍子手下冒出的太陽色不明生物灼傷。他哭個不停，每發出一聲哀號，就換來人類的陣陣爆笑。他試著用舌頭舔舐鼻子，但舌頭也被燒傷了，兩個傷處加在一起讓他更形疼痛；於是，他的哭號聲變得更加絕望與無助。

接著，他感到一陣羞愧。他知道那些笑聲及其中的含意。我們無法得知某些動物是如何理解笑聲，如何分辨自己被取笑，但白牙就是以這種方式知道自己被嘲笑的。

他因為人類的嘲笑而羞愧，於是轉身逃走。他不是為了躲避火焰的傷害，而是為了逃開那些傷害自己心靈的深層笑意。他逃向綺姬——在木棍的尾端像隻發狂的野獸。她是世界上唯一不會嘲笑他的生物。

暮色降臨，夜幕籠罩，白牙躺在母親身邊。他的鼻子和舌頭依舊疼痛，但心中卻被一個更大的煩惱困擾著，他想家了。他的內心感到空虛，需要溪流和懸崖洞穴的安寧與平靜。生活變得太擁擠，這裡有很多人類——男人、女人和小孩，都在製造噪音與刺激。還有那些總是在爭吵的狗，時不時爆發騷動與混亂。他所熟悉的寧靜生活全然消失了。空氣裡充滿了生命的躁動，在他耳邊嗡嗡作響。聲音強度與音調高度不斷變化，衝擊他的神經與感官，令他焦躁不安，擔心隨時又要發生什麼事。

他看著在營地裡到處走來走去的人類。就像人類仰望自己所創造的神，白牙也是這樣看待眼前的這些人類。他們是高高在上的生物，是真實存在的神。在他模糊的理解中，他們是奇蹟的創造者，如同神之於人類。他們支配一切的生物，擁有各種未知的與不可思議的能力，是有生命與無生命之物的霸主，他們讓會動的東西聽話，讓不會動的東西動起來，讓枯萎的苔蘚與木頭長出生命——陽光的色彩、生氣勃勃。他們是火的創造者！他們是神！

悄然降臨的桎梏

對白牙來說，這幾天的生活裡充滿了各種經歷。在綺姬被木棍栓住的那段時間，他跑遍營地，到處去探索、調查和學習，很快就熟知人類的許多習性，但這份熟悉並未讓他輕視人類。反之，對於人類了解得越多，就越能證明他們的優越性；展現的神祕力量越多，更彰顯他們如神一般的形象。

對人類而言，看見自己的神被顛覆或祭壇坍塌，通常會感到悲痛；但對於蹲伏在人類腳邊的狼與野狗來說，這種悲痛不會發生。人類的神是看不見且難以捉模的，巧妙地躲避現實的外衣，有如蒸氣與迷霧般虛渺，帶著人類渴望的神性與力量，如同四處遊蕩的幻影，在精神國土上無形地自我展露。不同於來到營火旁的狼與野狗，他們在活生生的肉體中發現自己的神，是觸碰得到的實體、占據著大地的空間，而且需要時間來實現他們自己的目標與存在。信仰這樣的神不需要額外的努力；任何意志力都不能質疑這樣的神，而且是無法擺脫的。這兩腿直立站著、手持棍棒、具有無限潛力，充滿熱情、易怒，而又富有愛、神性、奧祕與力量的化身，一切都被包裹在肉體之中，肉體被撕裂時會流血，而且看起來像其他肉體一樣可口。

白牙也認為人類是無可置疑、擺脫不掉的神。正如他的母親綺姬在一聽到他們呼叫她的名字便獻出忠誠，他也隨之表現出服從。他讓出道路，認為這是他們的特權。他們走動的時候，他會避開他們的動線；在他們呼喚時，他會走過來。而當他們斥喝的時候，他便蜷縮趴下；命令他走開，他便急忙跑走。因為在他們任何要求的背後，總伴隨著強制執行的力量，以揮拳、棍擊、飛石與鞭打所展現的力量，每每造成傷害。

他屬於他們，就像所有的狗都屬於他們一樣。他的行動受制於他們，他的身體任由他們毆打、腳踢、發洩情緒。這是他很快就體會到的教訓，而且這教訓非常嚴峻，因為這與他強烈自我支配的天性相牴觸。他在學習過程中非常反感，卻也在不知不覺中學著去喜歡。這是將自己的命運交付在他人手中，是對生存責任的轉移，而這本身就是一種補償，因為依靠他人總比獨自活著要容易許多。

但是，將自己的肉體與靈魂交給人類，並非一日之功。他無法立刻放棄自己的野性遺傳以及對荒野的記憶。有幾天他悄悄走到森林邊緣，駐足傾聽，彷彿什麼東西在呼喚著他，而他總是帶著不安與焦慮回來，在綺姬身旁輕聲嗚咽，用急切而充滿懷疑的舌頭舔著她的臉。

白牙很快就認識到營地的情況。他知道當人們拋來餵食的肉或魚，年長的狗是多麼的不公平與貪婪。此外，他漸漸發覺男人比較公正，小孩比較殘忍，而婦女比較好心，會多丟幾塊肉或骨頭給他。在經歷兩、三次與撫育幼犬的母親的痛苦接觸之後，他開始懂得不要招惹這些母親，盡可能地遠離她們，而且見到她們走近時就要避開。

不過，利唇是他命中的死對頭。這是一隻體型比他大、年齡稍長，又更為強壯的小狗，選中白牙做為自己專門的欺凌對象。白牙很樂意與其對戰，但實力過於懸殊，敵方實在太過壯碩。利唇成了他的噩夢，每當他冒險離開母親，這個惡霸就會出現，緊隨在後，不斷對他咆嘯與挑釁，而且只要等到人類不在附近，便朝他撲來，逼他戰鬥。由於利唇總是取得勝利，所以樂此不疲。這成了他生活中最大的樂趣，卻是白牙最大的苦惱。

白牙雖然總是吃下敗仗而受傷，但並沒有因而膽怯，意志仍然不曾屈服。不過這對他產生了一個不良影響——他變得既惡毒又陰沉。他天性生來就很野蠻，在這種無止境的迫害下變得更加凶殘，鮮少有機會顯現出幼犬友善與好玩的一面。他從不和營地裡的其他小狗玩耍嬉戲，因為利唇不許他這樣做。只要白牙出現在他們附近，利唇就會立刻撲上去欺凌、威嚇，或者與他打鬥，直到把他趕走為止。這一切都導致白牙失去了許多幼犬期的歡樂時光，也使他的行為變得比實際年齡更加成熟。

他的精力無法透過遊戲宣洩，轉而磨練自己的心智。他變得很狡猾，有的是時間來鑽研各種詭計。每當營地到了餵食時間，他便會受到阻礙而無法獲得自己應得的那份，於是使他變成了一個熟練的小偷，不得不自己覓食，而且收穫不錯，儘管這往往讓印第安婦女們感到困擾。他學會狡詐鬼祟地在營地四處潛行，知道每個地方正在發生的事情，看到與聽到一切後思索對策，還成功地想出各種方法與手段來躲避死對頭。

剛開始被欺負的時候，白牙便耍了一次高明的詭計，初嘗了復仇的滋味。正如綺姬與狼群在一起時，誘出營地裡的狗走向毀滅一樣，白牙也以類似的方式引誘利唇來到綺姬為子復仇的雙顎前。白牙假裝在利唇面前撤退，採取了一條迂迴的路線，引誘對手進進出出，穿梭在各個帳篷之間。他天生就很會跑，比其他同體型的小狗都跑得快，也比利唇快。但在這次的追逐中，他並未全力奔跑，僅僅保持領先對手一個躍步的距離。

利唇步步逼近眼前的獵物，因為太過投入這場追逐，興奮到忘記注意周圍的環境，當他留意到自己所處的位置時已經太遲了。他繞著一座帳篷全速疾跑，正好撞上躺在自身木棍末端的綺姬。他驚愕地大叫了一聲，接著被懲罰性的雙顎緊緊咬住。雖然母狼被綁著，但是他也無法輕易掙脫。母狼將他撞倒在地，使他無法奔跑，同時以利牙不斷撕咬。

他終於成功滾出母狼身邊，毛髮凌亂地站了起來，肉體和心靈都深受創傷，被她咬傷之處的毛髮一撮一撮地豎起亂翹。他站在原地，張開嘴巴，發出長長一聲心碎的小狗哀鳴。即使如此，事情還沒結束。當他哀鳴到一半，白牙突然衝過來咬住他的後腿。利唇再也無力戰鬥，帶著羞愧逃開，白牙則緊追在後，一路追到他的帳篷旁。在這裡，婦女們向他伸出援手，而白牙則成了狂暴的惡魔，最終被一連串飛來的石塊驅離。

某天，灰鬍子認為綺姬不會再想逃走了，便解開了她。白牙很高興母親獲得自由，興高采烈地陪著她在營地裡走來走去；只要他待在媽媽身邊，利唇就會保持在安全距離之外。白牙甚至朝他豎起毛髮，挺直身子走過去，但利唇沒有理會他的挑戰。

他也不是傻瓜，再怎麼想報復，也得等到白牙落單的時候。

那天稍晚，綺姬與白牙不經意地逛到營地旁的樹林邊。白牙故意一步步地將母親領到這裡；當綺姬停下腳步，他就試圖引誘母親繼續往前走。溪流、巢穴和寧靜的樹林都在呼喚他，而白牙希望母親能跟他一同前往。白牙向前跑了幾步，停下來回頭張望，但她並沒有動。他哀求地叫著，頑皮地在灌木叢中跑來跑去，然後跑回母親身邊，舔了舔她的臉，再跑開，但她還是沒動。他停下腳步注視著母親，她卻轉過頭望向營地，於是他那滿腔熱情與渴望的神情便慢慢消退了。

曠野之中有某種聲音在呼喚著白牙，他的母親也聽到了。但她還聽到了另一種更響亮的呼喚，那是來自營火與人類的呼喚——所有動物之中唯獨狼能回應這樣的呼喚，這是只對狼以及如其兄弟的野狗所發出的呼喚。

綺姬轉過身，慢慢走向營地。營地對她的束縛比木棍更強大。那些神用無形而神祕的力量緊緊抓住她。白牙蹲坐在一棵白樺樹蔭下輕聲嗚咽，空氣中瀰漫著濃郁的松木味與淡淡的木頭香，讓他想起以往不被束縛的自由生活。但他還只是一隻尚未完熟的狗，母親的呼喚遠比人類或荒野的呼喚更強烈。至今短暫的生命中，他都依賴著母親，還未到獨立的時刻。於是他站起來孤伶伶地小跑步回到營地，途中停下來一次、兩次，坐下來嗚咽，聆聽著森林深處依然響著的呼喚聲。

在野外，母親與孩子在一起的時間很短暫，但在人類的控制下，有時甚至更短。對白牙來說，情況就是這樣。灰鬍子欠了三鷹的債，而三鷹即將沿著麥肯齊河去大奴湖（Great Slave Lake）。灰鬍子用一塊猩紅色的布、一張熊皮、二十發彈藥與綺姬來抵債。白牙看到母親被帶上三鷹的獨木舟，便想跟上去。三鷹一拳將他打回岸上。獨木舟駛離岸邊，他躍入水中，跟著獨木舟游去，完全不理會灰鬍子要他回去的嚴厲叫喊。即使是人類——他眼中的神，白牙也不顧了，因為失去母親的恐懼實在太可怕了。

然而，神已經習慣大家的服從，灰鬍子憤怒地划著獨木舟追了上去。一追上白牙便伸手掐住他的後頸，將他拎出水面；卻也沒有立刻將白牙拉上獨木舟，而是一手將他拎在半空中，另一手對他揮拳痛毆。這確實是一頓痛打，下手極重，每一拳都打到他發疼，而且接連打了好幾下。

雨點般的拳頭不斷打在他身上，一下這邊一下那邊，白牙就像一支快速擺動的鐘擺來回晃盪。他的內心迸發出陣陣不同的情緒，先是震驚，接著是一陣恐懼，隨著那隻手的重擊，他大叫了幾聲。但隨之而來的是憤怒，顯現他不受控制的天性。他齜牙咧嘴，無所畏懼地對著憤怒的神咆嘯。不過這只會讓神更加惱怒，落下來的拳頭更快、更猛、更重。

灰鬍子繼續打，白牙繼續咆嘯，但這不可能永遠持續下去，必須有一方認輸，而放棄的一方就是白牙。恐懼再次襲捲心頭，這是他第一次遭受真正的粗暴對待。與此相比，以前偶爾遭到棍棒與石頭的擊打簡直就像輕撫。他崩潰了，開始大哭大叫。每挨一次拳，就慘叫一聲；恐懼轉成了驚駭。最後，他的叫聲變成了連貫不斷的哀號，而且不再隨著拳頭落下的節奏叫喊。

灰鬍子終於收手，白牙癱軟地懸在半空中繼續哀號。主人似乎對此感到滿意，粗暴地把他扔進船底。在此期間，獨木舟已經順著溪流而下，於是灰鬍子要去拿起船槳，但白牙擋到了他的路，而被狠狠一腳踢開。就在這一瞬間，白牙不受控制的天性再次閃現，咬住了那隻穿著鹿皮軟靴的腳。

剛才的痛毆比起現在受到的毒打根本不算什麼。灰鬍子的憤怒極其可怕，白牙也驚恐到了極點。灰鬍子不僅用手，還用堅硬的木槳打他；當他再次被甩到獨木舟的船板上時，小小身軀已經遍體鱗傷。灰鬍子故意再補上一腳，白牙這次沒有再攻擊那隻腳。他對於自己被束縛又學到了一次教訓，無論在什麼情況下，都再也不敢咬那位主宰他的神；神的身體是不可侵犯的，不能被他這種生物的牙齒所褻瀆。這顯然是最嚴重的過錯，是無法被寬恕也不被原諒的罪行。

獨木舟靠岸後，白牙動也不動地趴著，等待灰鬍子的命令。灰鬍子要他上岸，於是他被甩上了岸，側腰重重地撞地，再次重擊他的瘀腫處。

他顫顫巍巍地爬到灰鬍子腳邊，站在那裡抽噎。從岸上觀看這整個過程的利唇，這時衝向白牙就是一陣狂咬。白牙無力自衛，要不是灰鬍子一腳把利唇踹飛，讓他摔在十幾英尺外，白牙的情況肯定更慘。這就是人類的正義，即使這時處在如此悲慘的處境，白牙還是萌生一絲感激。他一跛一跛地跟在灰鬍子後面，順從地穿過營地回到帳篷前。就這樣，白牙知道懲罰是眾神留給自己的特權，不許他們底下的次等動物擁有這樣的權力。

那天晚上，當一切安靜下來，白牙想起了自己的母親，並為她感到悲傷。他哭喊得太大聲，吵醒了灰鬍子，又挨了一頓痛打。此後，只要眾神在周圍，他便只會輕聲哀嚎。但有時，他會獨自走到樹林邊大聲地啜泣與嚎叫，宣洩自己的悲痛。

這段時間，他原本可以聽從對於巢穴與溪流的記憶奔回荒野。然而，對母親的思念牽絆著他。狩獵的人類出去又回來了，那麼總有一天她會再回到營地，所以他繼續在束縛中等待母親的歸來。

但這並不完全是一種不幸的束縛。他對許多事情都充滿了興趣，有些事情總是一再的發生。這些神有做不完的奇怪事情，他總是好奇地觀望著。此外，他還在學習如何與灰鬍子相處。只要他順從、確實的服從，就可以符合灰鬍子對他的期望；相對的，他就可以免於挨揍，並被允許待著。不僅如此，灰鬍子有時還會親自扔給他一塊肉，並在他吃肉的時候保護他不受其他狗的干擾。這樣的一塊肉極其珍貴，似乎比從婦女手中得到的十幾塊肉都還有價值。灰鬍子從不寵愛或撫弄白牙，也許是因為拳頭的重量，或者是因為公正，也可能純粹因為他的權力，這一切因素都可能影響著白牙。白牙與這位粗暴的主人之間正形成某種密不可分的連結。

經由一些微乎其微的小事，同時藉由棍棒、石頭和拳頭的力量，白牙不知不覺被銬上束縛的桎梏。最初牽引他的同類得以靠近人類居所的那些特質，是足以進一步發展的特質。這些特質正在白牙身上逐漸發展，儘管營地的生活充滿苦難，卻也默默吸引著他。但白牙並沒有意識到這一點，他只知道失去綺姬的悲傷，期盼著她的歸來，以及渴望過去屬於自己的那種自由生活。

敵意中的孤行者

利唇的行為讓白牙的日子更加黑暗，使他變得比原本的天性益形邪惡與殘暴。凶殘是他的天性，但由此養成的野性卻超越了他本來的特質。他在人類之中獲得了邪惡的名聲，只要營地裡有麻煩和騷動，不論是打鬥、爭吵，或者某個印第安婦女因為失竊的肉而大呼小叫，他們發現一定與白牙有關，而且通常還都是始作俑者。他們懶得去追究白牙搗亂的動機，只看結果，以及那些不好的後續。他是個鬼鬼祟祟的小偷，是個搗蛋鬼，是個麻煩製造者。白牙機敏地看著那些憤怒的印第安婦女，準備躲避任何可能快速投擲過來的東西，這些女人指著他的臉說，他是一匹毫無是處的狼，必定會帶來後患。

他發現自己在這個人狗眾多的營地裡成了被排擠的對象，所有年輕的狗兒都跟從利唇，白牙與他們之間存在著差異，也許他們感受到了他那來自荒野的血統，於是直覺地產生了家犬對狼的敵意。他們與利唇聯手欺負他。而且一旦與他公然宣戰，便覺得有充分的理由繼續與他作對。每隻小狗時不時就來試探他的牙齒，而值得讚許的是，白牙施予的回擊總比受到的傷害要多。他能在單打獨鬥中擊敗許多小狗，但卻沒有單挑的機會。因為只要戰鬥一展開，營地裡所有的小狗都會跑過來攻擊他。

他從這樣的欺凌中學到了兩件重要的事：如何在群體進攻時保護自己，以及如何在最短的時間內對落單的狗造成最大傷害。他清楚知道在四面受敵的情況下，站穩腳步意味著生存。他要變得像貓一樣隨時能站穩身體。即使是成年的大狗憑藉自己的體重朝他正面或側身撞擊，他被撞得往後或往旁邊倒去，又或是撞飛倒地滑行，他總是能夠保持四腳伸直支撐住身體、腳踩大地。

狗要打鬥，在正式攻擊之前通常會有預備動作，像是咆嘯、豎毛、昂首挺立。然而，白牙卻學會省略這些預備動作，因為任何的延遲都會導致所有小狗群起而攻。所以他必須迅速完成戰鬥接著逃開。於是，白牙不發出任何警告，在對手還來不及出手之前，毫無預警地快速衝過去狂咬猛攻。他知曉如何快速重傷對手，也知道出其不意的戰略優勢。要是狗兒疏於戒備，可能在還沒意識到發生什麼事，肩膀就已被劃裂、耳朵被撕成了碎片，這也就代表已經輸掉一大半了。

再者，對於一隻受到襲擊的狗來說，要撞倒他是非常容易的事。當他倒地之後，一時之間必定會露出脖子下方柔軟的部位，而這正是致命的弱點。白牙深知這一點，這是直接從世世代代獵食的狼族那裡繼承過來的智慧。因此，白牙採取的進攻方法是：先找到落單的小狗，接著突襲並撞倒他，最後再把牙齒刺入他那柔軟的喉嚨。

由於白牙尚未成長完熟，雙顎不夠強大有力，因此這樣的喉嚨攻擊還不足以致命；不過營地裡四處走動的許多小狗，喉嚨處都有撕裂的傷痕，就足以證明白牙的意圖。有一天，白牙在樹林邊逮到一隻落單的敵人，於是不斷撞倒對方、攻擊他的喉嚨，終於咬斷了他的大動脈，奪走他的性命。那天晚上引發了一陣騷動，有人目睹了這一切，消息傳到了死去小狗的主人那裡，而印第安女人們也想起了肉被偷的事，灰鬍子被一片憤怒聲團團圍住。但他毅然守住了帳篷的門，把罪魁禍首關在帳篷裡，不許部落的人報復。

白牙在營地成了人與狗都憎恨的對象。在他成長的這段時期，從未感受過片刻的安寧。每隻狗的牙齒、每個人的手都與他為敵。迎接他的是同類的咆嘯、眾神的咒罵與石塊。他生活在緊張的狀態下，總是繃緊神經，隨時留意攻擊的時機或提防遭到攻擊。眼睛要注意突然投擲過來的石塊，又要隨時迅速而冷靜地採取行動——撲上前猛咬，或是跳開咆嘯。

至於咆嘯，他可以發出比營地裡任何一隻狗都可怕的聲響，無論大狗或小狗。這些咆嘯的目的是為了警告或威嚇，需要判斷力才能知道運用的時機。白牙知道如何咆嘯，也知道何時該咆嘯。他的咆嘯中融入了所有凶狠、惡毒和可怕的元素。

他的鼻子不斷抽搐皺起，毛髮一波波豎立，鮮紅色的舌頭像蛇信一樣伸進伸出，耳朵往後貼平，眼睛裡閃爍著仇恨，咧開雙唇，露出淌著口水的利牙，幾乎可以迫使任何攻擊者停下動作。當對方在這暫時的停頓中失去警戒，便是他贏得思考並決定採取什麼行動的關鍵時刻。但是，這樣的停頓往往會持續下去，直到對方停止攻擊。白牙的咆嘯足以讓自己在許多大狗面前安然撤退。

既然被狗兒們排擠，白牙就以自己殘忍的手段與出色而有效率的攻擊，讓他們因為迫害自己而付出代價。白牙不被允許跟著一起奔跑，結果反倒出現奇特的情況，就是群體中沒有一隻狗敢脫隊。白牙不允許這種情況發生，他游擊與伏擊的策略嚇得狗兒們不敢獨自亂跑。除了利唇之外，他們被迫聚集在一起，互相保護，共同抵禦他們所製造出來的可怕敵人。如果有一隻小狗獨自在河岸邊，就等於自尋死路，或者他會帶著痛苦與驚恐的叫聲驚動整個營地，從小灰狼伏擊的地點落荒而逃。

即使狗兒都澈底明白必須待在一起，白牙的復仇卻從來沒有停止。他趁著他們落單時發動攻擊，而他們利用成群結隊時攻擊他。小狗們一看到他就會窮追猛攻，而他敏捷的身手總能安然逃脫。然而，在這群追逐者中領先的那隻狗就沒那麼幸運了！白牙學會突然轉身攻擊隊伍前領先的那隻狗，並在其他狗到達之前澈底撕咬。這種情況經常發生，因為只要群起狂叫，這些小狗便會忘情於追逐之中，而白牙卻從未如此。他邊跑邊瞄向後方，隨時準備反身撲倒領先同伴的狂熱追逐者。狗總是喜歡玩耍，他們透過模擬戰爭的驚險來實現嬉戲的需求。就這樣，追逐白牙成了他們主要的遊戲——一場動輒致命，無論何時何地都非常嚴肅的遊戲。另一方面，白牙的腳程極快，可以毫無畏懼地到處冒險。在苦苦等待母親回來的那段日子裡，他多次領著瘋狂追逐的狗群穿越鄰近的樹林。狗群總是追丟，他們的嘈雜與吠叫聲暴露了自己的行蹤；白牙獨自踏著輕盈的步伐，悄無聲息地奔跑著，如同他的父母一樣，在樹林間像是一道移動的影子。此外，相較於那些狗，他與荒野的連結更直接，他知道更多荒野的祕密與策略。他最喜歡的招式是在溪水中湮滅自己的足跡，然後靜靜趴在附近的灌木叢中，聽著他們環繞在四周的徒勞叫聲。

面對同類與人類那永無止境的厭惡，白牙不斷被捲入爭端，也不斷引發爭鬥，他的成長是迅速而片面的。這裡沒有讓他發展溫情與仁慈的土壤，他的身上也不帶一絲這樣的光芒。他學到的法則是服從強者，壓迫弱者。灰鬍子是強大的神，因此白牙服從於他。然而，年齡或體型比自己小的狗是弱者，是可以摧折的對象。他的成長傾向於力量，為了免於經常受到傷害，甚至被毀滅，他的獵食及防禦能力過度地發展。他的動作變得比其他狗更敏捷、腳步更輕快，也變得更狡猾、更致命，他的身體變得柔軟，肌肉線條像鋼鐵一般堅韌而充滿耐力，行事更為殘忍、凶猛，也更聰明。他必須做到這一切，否則就無法在這充滿敵意的環境中堅持下去，甚至生存。

重返群體生活

這一年秋天，當白晝逐漸變短，空氣中瀰漫結霜的氣息，白牙得到了重獲自由的機會。好幾天以來，村子裡陷入一陣騷動，正在拆除夏天的營地，而整個部落則帶著大包小包的行囊，啟程展開秋季的狩獵。白牙用迫切的眼神注視著這一切，當帳篷開始倒下，獨木舟在岸邊裝載著貨物，他了然於心。獨木舟陸續出發，有些已經順著河流消失無蹤。

他不慌不忙地決定留下，等待時機從營地偷偷溜到樹林裡。藉著已經開始結冰的滾滾溪流，隱藏自己的蹤跡。然後，他爬到一片茂密的灌木叢深處等待。隨著時間過去，白牙斷斷續續睡了幾個小時，接著被灰鬍子呼喊他名字的聲音給吵醒。此外，還有別的聲音。白牙聽得出來，灰鬍子的妻子和他的兒子米薩都加入了搜索的行列。

白牙嚇得渾身發抖，生起了一股爬出藏身處的衝動，但他還是忍住了。過了一會，聲音漸漸消失，在那之後又隔了一段時間，他悄悄爬了出來，享受任務成功的喜悅。黑夜降臨，他在樹叢間玩耍了一陣子，為重獲自由歡欣鼓舞。接著，白牙突然感受到一陣孤獨。他蹲坐下來思考，傾聽著森林中的寂靜，並隨之忐忑不安。沒有任何動靜、沒有任何聲音，看似不祥之兆。他感覺到周圍潛伏著看不見也猜不透的危險。他對若隱若現的巨大樹木和可能藏有各種危險事物的黑影疑神疑鬼。

夜晚很冷，沒有溫暖的帳篷能蜷縮依偎。寒氣飄蕩在白牙腳邊，他不斷輪流抬起其中一隻前腳，還捲起毛茸茸的尾巴蓋住自己的腳，同時生起一陣幻覺。再也沒有比這幻覺更奇怪的事了。在他的內心深處，銘刻著一連串記憶中的畫面。他再度看見了營地、帳篷，還有熊熊燃燒的火焰。他耳中迴盪起女子尖銳的聲音，還有那些男人們粗暴的低嗓，以及許多狗的嚎叫。白牙很餓，他回想起曾有一塊塊魚和肉被丟到自己面前。然而，這裡一塊肉也沒有，有的只是嚇人又不能填飽肚子的寂靜。

白牙受到的奴役讓他軟化，不用負責任讓他變得軟弱，他已經忘記如何獨立謀生。夜晚打著哈欠，他的感官已經習慣了營地的嘈雜與喧囂，視覺與聲音不曾間斷地衝擊，如今卻閒得發慌。這裡無事可做、無事可看、無事可聽，感官竭盡所能想捕捉些許在大自然的寂靜和靜止裡的干擾，但毫無動靜與大難臨頭的感覺卻讓他驚恐不已。

他突然被嚇了一大跳，某種巨大無以名狀的東西閃過他的視線。原來是遮蔽住月亮的雲朵散去，月光灑落在地面形成的樹影。他鬆了一口氣，輕輕嗚咽了一聲，但立刻壓抑住聲音，生怕吸引那潛伏的危險來源會注意到他。

一棵在寒冷的黑夜裡收縮的樹木發出了巨大的聲響。由於就在白牙的正上方，害他嚇到叫出聲來。突然襲來一陣恐慌，他發瘋似的拔腿往村子的方向跑。他明白這是一種對於人類的保護和陪伴的強烈渴望。他的鼻孔裡瀰漫著營地炊煙的氣味，耳朵裡響徹著營地的聲響和呼喊。他跑出了森林，來到一塊既沒有陰影也沒有黑暗，只有月光照耀的開闊空地。但沒有村子映入他的眼簾。他忘記了，村子已經舉眾離開了。

他的狂奔戛然而止，沒有可以投奔的去處。他悵然若失地悄悄走過空無一人的營地，嗅聞著垃圾堆和遭到神棄置的破爛衣物。他會很高興聽到憤怒的女人朝他丟擲石頭發出的聲響，或是承受灰鬍子在盛怒下突然朝他揍過來的大手。他也會愉快地歡迎利唇和一整群不斷咆嘯的懦弱小狗。

白牙來到過去搭著灰鬍子帳篷的地方，在那空地的中央蹲坐下來。他的鼻子朝向月亮，喉嚨感到一陣劇烈痙攣收縮，嘴巴張開，接著迸出一陣悲痛欲絕的哭嚎，訴盡他的孤獨與恐懼、對於綺姬的哀痛、對於所有過去的悲傷與苦難，以及對於未來將發生的折磨與危險所感到的擔憂。這是一聲悠長的狼嚎，聲音嘹亮且憂傷，白牙第一次發出這般的嚎叫。

白晝的來臨驅散了白牙的恐懼，卻讓他倍感孤獨。這塊不久之前依然人聲鼎沸的光禿土地，讓他的孤獨感更加強烈。他沒花多久時間就下定決心，鑽進森林裡，沿著河岸往下游前進。他跑了一整天，沒有停下來休息，狀似要永遠跑下去。他鋼鐵般的身軀忽視了疲勞，即使疲勞來臨，他所承繼的耐力讓他能夠堅持不懈地努力，並且鞭策抱怨連連的身體繼續前進。

當河流在陡峭的懸崖蜿蜒改道，他就攀爬後面的高山。遇到河川或溪流匯入主流，他就涉水或游泳而過。他常常踏上剛形成的薄冰，而且不只一次踩破冰面，在冰冷的水流裡掙扎求生。只要有可能離開河流，往內陸的方向走，他總是在留意神的蹤跡。

白牙的聰明才智高於同類的一般水準，不過他的思維遠見沒有寬廣到足以容納麥肯齊河另一頭的河岸。萬一眾神的蹤跡是通往對岸呢？他從未想過這一點。等到後來，白牙旅行得更久、年齡逐漸增長、變得更有智慧，並且了解到更多關於林間小徑和河流的事，他或許就能把握並理解如此的可能性。不過，那種思維力量還有待開發。現在，他就淨是盲目地奔跑，只考慮著自己這側麥肯齊河的事。

白牙徹夜都在奔跑，在黑暗中碰上許多意外和障礙而耽擱，但沒有讓他氣餒。到了第二天中午，他已經連續跑了三十個小時，即使是鋼鐵般的身軀也撐不住，是心智的毅力讓他堅持下去。他已經有四十個小時沒吃東西，餓到虛弱無力。反覆浸泡在冰冷的河水裡同樣對他產生了影響。他亮麗的毛皮變得邋遢不堪，寬闊的腳掌傷痕累累，血流不止。雪上加霜的是，天色朦朧起來，開始下起了雪。這陣濕冷的、融化的、黏稠的雪，讓腳底打滑的白牙看不清楚穿越的地貌，還掩蓋住了崎嶇不平的地面讓他前進的腳步更為艱難和痛苦。

那天夜裡，灰鬍子打算在麥肯齊河的對岸紮營，因為那是前去打獵的方向。但是傍晚時分，灰鬍子的妻子克魯庫奇在這側岸邊突然發現了一隻前來喝水的駝鹿。此時，要不是這隻駝鹿來喝水，要不是米薩因為下雪偏離了航道，要不是克魯庫奇看見這隻駝鹿，要不是灰鬍子幸運地將他一槍射死，後來發生的一切將會有所不同。灰鬍子將不會在河的這側紮營，白牙就會錯過他們然後繼續前行，不是就這樣死去，便是碰上他在荒野的兄弟，並成為他們的一員，終其一生就當一匹狼。

夜幕降臨，雪下得更厚了。白牙一邊輕聲嗚咽，一邊跌跌撞撞地蹣跚前行，偶然發現了雪地裡一道新的蹤跡，新到他一眼就認出了那真面目。他急切地哀鳴，一路從河岸跟著痕跡進到了樹林。他的耳中傳來了營地的聲音，然後看見了營火的火苗、正在煮飯的克魯庫奇，以及蹲坐在地上正嚼著一塊沒熟透的肥肉的灰鬍子。營地裡有新鮮的肉！

白牙預期自己會遭到一陣毒打，想到這點便蹲伏在地，毛髮微微豎起，繼續往前走。白牙既害怕又討厭那頓正等著他的毒打，但他也明白營火的舒適、眾神的保護和狗群的情誼。儘管最後這一點是種充滿敵意的情誼，但至少可以滿足他群居的需求。

白牙畏畏縮縮地爬進了火光之中。灰鬍子一看見他就停止咀嚼口中的肥肉。他緩慢爬行，卑躬屈膝地表達自己的低微和臣服。他直直朝著灰鬍子爬去，每前進一英寸就變得越來越緩慢和吃力。最後，他趴在了主人的腳邊，自願獻上自己的身體和靈魂。他出於自己的選擇坐到了人類的營火邊，接受人類的統治。白牙顫抖著等待即將降臨身上的懲罰。此時，在他上方的手有了動作。預料之中的拳頭就要落下讓他不由自主地退縮了一下，但事情並未發生。他往上瞄了一眼。灰鬍子正把那塊肥肉撕成兩半，然後分給他其中一塊！白牙非常小心又帶著些許懷疑，先是聞了聞那塊肥肉，接著才開始大快朵頤。灰鬍子叫人拿肉給他，並且在他吃肉的時候保護他不被其他狗干擾。吃完肉之後，白牙心滿意足、滿懷感激地躺在灰鬍子腳邊，盯著為自己帶來溫暖的營火，眨著眼睛，安心地打起瞌睡，因為他知道等著自己的明天不是在荒涼成片的森林裡徘徊，而是在有人、有動物的營地裡，與那些他奉獻出一切、同時也是如今賴以為生的神待在一起。

遠勝於自由的盟約

十二月來臨，灰鬍子前往麥肯齊河上游，米薩和克魯庫奇也一同前行。灰鬍子自己駕著一架雪橇，負責拉動雪橇的是他換來或借來的狗。第二架比較小台的則由米薩駕駛，拴著一隊小狗，雖然這雪橇只不過是一台玩具，但米薩依然感到很開心，總覺得自己開始從事全天下男人在做的工作了。他也在學習如何駕馭和訓練狗群，與此同時，那些小狗則在適應挽具。這架雪橇還是派上了用場，攜帶了將近兩百磅的裝備和食物。

白牙見識過營地裡的狗套上挽具辛苦工作的樣子，所以在挽具第一次套到自己身上時沒有太多排斥。他的脖子上戴著一條苔蘚填製的項圈，用兩條拉繩連到一副環繞胸口、穿過背部的皮帶。這條皮帶上就綁著用來拉動雪橇的長繩。

隊伍裡有七隻小狗，都是今年年初出生的，大約九到十個月大，只有白牙是八個月大。每隻狗都分別用一條繩子綁在雪橇上，每條繩子都不等長，至少相差一隻狗身的長度。繩子都被繫在雪橇前端的扣環上。雪橇本身沒有滑雪板，是架樺樹皮製成的平底雪橇，前端向上翹起以避免陷入雪裡。因為雪是一種結晶狀的粉末，非常鬆軟，這樣的結構可以將雪橇和貨物的重量平均分散在雪面上，以達到最大支撐面積。同樣為了遵守在最廣範圍內分散重量的原則，綁在繩子末端的狗都從雪橇的前端，呈扇形輻射散開，這樣就不會重複踩在另一隻狗的足跡上。

扇狀隊形還有另外一個好處，長短不一的繩子能避免後方的狗攻擊跑在前面的狗。如果有狗想攻擊其他同伴，就必須轉向攻擊綁在較短繩子上的狗。如此一來，就會發現自己要跟被攻擊的狗面對面對決，並且還得面對趕狗人的鞭子。但其中最大的好處是，後面的狗想要攻擊前面的狗，就得把雪橇拉得更快，而雪橇速度加快，遭到攻擊的狗就會逃得更快，因此後面的狗永遠追不上前面的狗。他跑得越快，在後頭追趕的那隻狗就跑得越快，整隊狗的速度也就越快。順帶一提，雪橇也就前進得更快，而人類就是這樣透過狡猾的間接手段，加強自身對於野獸的駕馭。

米薩像極了他的父親，擁有許多父親的老練智慧。過去，他就觀察到利唇會去欺負白牙，但那時候利唇還是別人的狗，所以米薩還只敢偶爾朝利唇丟石頭。但是，現在利唇已是自己的狗了，米薩開始對利唇展開報復，把他綁在最長的那條繩子上。這就讓利唇成為了領頭犬，看似是個榮譽，但實質上是讓他顏面盡失，相較於過去是狗群裡的惡霸和老大，如今他發現自己成了整群狗討厭和欺負的對象。

由於利唇跑在最長的那條繩子前端，所以整群狗總是看著他在自己面前逃跑的景象。映入他們眼簾的是他毛茸茸的尾巴和飛快逃跑的後腿，這遠遠不如他豎直的鬃毛和閃閃發亮的獠牙來得凶猛和嚇人。此外，狗群心理層面上的天性正是如此，他在眼前逃跑的樣子激起他們追逐的欲望，並且產生他是在逃離他們的感覺。

雪橇出發後，整個隊伍就成天追著利唇跑。起初，基於維護自己的自尊和憤怒，他常常回過頭來對付追逐自己的狗。但每當這種時候，米薩就會揮舞三十英尺長的鹿腸製鞭子，火辣辣抽在他的臉上，逼他轉身回去繼續跑。利唇或許能對付狗群，但對付不了鞭子，所以他能做的只有拉緊綁在身上的那條長長的繩子，讓同伴的牙齒咬不到自己身體的兩側。

然而，在印地安人的內心深處，還有更狡猾的想法。為了讓其他的狗永不停歇地追逐領頭犬，米薩會特別照顧利唇，如此一來就會招致他們的嫉妒和憎恨。在其他狗面前，米薩會拿肉給利唇吃，而且是只給他吃而已。這就惹怒了其他的狗。在利唇大快朵頤的時候，米薩會在一旁保護他，所以他們會在鞭子剛好揮不到的距離外暴跳如雷。就算是沒有肉可以給的時候，米薩也會把狗群趕開一段距離，讓他們相信利唇有肉可吃。

白牙欣然接受這份工作。在屈服於眾神統治之下的過程中，他比其他的狗經歷了更長的一段路，所以澈底清楚反抗神的意志是徒勞無功的。再加上他被狗群欺負，其他的狗對來他說不太重要，反而更在乎人類。他並沒有學會依靠他的同類為伴。另外，白牙也幾乎忘記了綺姬，殘留在他身上的主要情緒表達，就是效忠他視之為主人的神。所以，他努力工作、遵守紀律、表現聽話，這些都是狼或野狗被馴化後的基本特徵，而白牙超乎尋常地具備這些特徵。

白牙和其他狗之間確實存在一種情誼，不過那是種交戰和敵對的關係。他從來不懂得怎麼去跟他們玩耍。他懂的只有打鬥，並且在跟他們打的時候，將過去利唇還是狗群領袖時遭受到的撕咬和重擊，百倍奉還回去。但是，利唇如今不再是領袖，唯有他作為領頭犬被綁在後面拖行雪橇的繩子上，在同伴面前拔腿狂奔的時候除外。待在營地時，利唇都緊跟在米薩、灰鬍子或克魯庫奇的身邊，他不敢冒險離開神的身邊，因為如今所有狗的獠牙都對準了他，讓他嘗到過去白牙飽受的欺負。

利唇被推翻的時候，白牙原本可能成為狗群領袖的，但他實在太過孤僻獨行，不是狠狠攻擊隊伍裡的同伴，就是完全無視他們。他出現的時候，狗群都會讓出一條路，即使是膽子最大的狗也不敢去搶他的肉。反過來，他們還會狼吞虎嚥吃完自己的肉，生怕他會把肉統統搶走。白牙非常明白這道法則：壓迫弱者、服從強者。他會盡快吃光分給自己的那塊肉，然後還沒把肉吃完的狗就倒大楣了！一聲咆嘯、獠牙一閃，那隻狗就只能在白牙吃掉自己的那份肉的時候，對著令人不快的命運哭號來宣洩自己的憤怒。

然而，每隔一小段時間，就會有一、兩隻狗發起反抗，但立刻就被制伏。因此，白牙一直維持訓練，唯恐失去自己在狗群之中保持的孤立狀態，並且常常為此挺身而戰。不過，這些打鬥很快就會分出勝負，對其他狗來說，白牙的速度太快。他們常常在搞懂發生什麼事之前，就已經皮開肉綻、血流如注，幾乎在還沒開始戰鬥之前就被擊倒。

白牙在他的同伴之間也要求紀律，就如同神所制定的雪橇紀律一樣嚴格。他從來沒有給過他們一點轉圜的空間，強迫他們時時刻刻都要尊重他。他們彼此之間愛做什麼都不關他的事。白牙唯一在乎的是他們不要打擾自己的獨處，在走過他們中間的時候不要擋住他的路，並且無論何時都要承認他在狗群之上的支配地位。只要他們稍微挺直四肢、抬起嘴唇或是豎直毛髮，白牙就會殘酷無情地修理他們，讓他們立刻知道自己錯在哪裡。

白牙是個駭人聽聞的暴君，統治手段如鋼鐵般嚴厲。他帶著復仇的心態去欺壓弱者。這與他在幼年時期經歷過的無情生存奮鬥不無關係，那時候他和母親孤苦無依，得要不被惡劣的荒野環境擊敗並且生存下來。而他也學會了當有更強大的力量經過時要輕手輕腳。白牙欺凌弱者，但尊敬強者。與灰鬍子同行的漫長旅途中，每當遇上陌生人的營地，在成年的狗之間走動時，他就會確實放輕腳步。

幾個月過去了，灰鬍子的旅途還在繼續。在長時間的長途跋涉和持續辛苦地拉著雪橇下，讓白牙的力量成長茁壯，他的心智看似也發展成熟。他現在變得相當理解自己身處的這個世界。他的看法也十分黯淡和現實。他眼中的世界凶狠殘酷，不帶一絲溫暖，不存在寵愛、愛戴和心靈上的樂觀愉快。

白牙對灰鬍子不帶任何情感。確實他是神，卻是最野蠻的神。白牙樂於承認灰鬍子的統治地位，不過這是基於過人的智慧和野蠻的力量。在白牙的存在本質裡，有某種東西讓他對這種上下關係有著嚮往，否則他也不會從荒野歸來，向灰鬍子宣誓效忠。在他的天性裡有著尚未被觸及的深處。只要灰鬍子一句親切的話、一個寵愛的撫摸，就能觸及這內心的深處，但他從未寵愛過白牙，或說出體貼的話，這不是灰鬍子的作風，他的頭號本質是野蠻，統治方法也很野蠻，靠著棍棒來主持正義，用痛揍的疼痛來懲罰過失，至於應該獎勵的功績，給予的不是仁慈，而是免除一頓毆打。

所以，白牙根本不曉得一個人的手能帶給他快樂。他反而不喜歡人類這種動物的手，對之抱持著滿腹的懷疑。的確，這些手偶爾會扔幾塊肉，但大多時候帶來的都是傷害。人類的雙手是要遠遠避開的東西，他們會丟擲石頭，揮舞棍棒和鞭子，摑打耳光與揮拳重擊；每當手碰到他身上，就會狡猾地又捏又擰又扭來造成傷害。在陌生的村子裡，白牙碰上了孩子的雙手，明白他們會多麼殘忍地傷害自己，他有一次差點被一個蹣跚學步的幼兒給戳瞎了眼睛。有過這些經驗之後，他變得對所有小孩抱持著疑心，沒有辦法忍受他們。當他們伸著不祥的雙手靠近，白牙就會立刻起身。

在大奴湖附近的一個村子裡，白牙向人類雙手施加的惡行表達憤怒的過程中，修正了從灰鬍子身上學到的法則，也就是咬傷神是無法饒恕的重罪。在這座村子，白牙按照所有村莊裡任何一條狗都有的習慣去覓食。有位男孩正在用斧頭劈開一塊結凍的駝鹿肉，肉屑飛濺到了雪地裡。正在找肉的白牙剛好路過，於是就停下來吃起了那些肉屑。他注意到男孩放下了斧頭，抄起一根結實的棍棒。白牙俐落地跳開，剛好躲過那向下揮舞的一擊。男孩緊追不捨，而他這個村子的外來者，從兩頂帳篷中間逃了出去，結果發現有個高高的土堆擋住了去路。

白牙無路可逃，唯一的出路就在那兩頂帳篷之間，但男孩守在那裡，拿著棍棒做好揮擊的準備，逼近了走上絕路的獵物。白牙怒不可遏，對著男孩豎直毛髮、放聲咆嘯，基於義憤而大為光火。他知曉覓食的法則，所有耗損的肉，例如那些冰凍的肉屑，都屬於找到那片肉的狗。他沒有做錯事，也沒有打破任何法則，但是卻有一個男孩準備給他一陣毒打。白牙幾乎不曉得發生了什麼事，他是在一陣盛怒下採取行動的，而且快到連男孩也搞不清楚。男孩只曉得自己莫名其妙就被撞倒在雪地上，拿著棍棒的手被白牙的牙齒咬出了大大的傷口。

不過，白牙知道自己打破了眾神的法則。他用牙齒咬了其中一位神的神聖肉體，可以想見會遭到恐怖至極的懲罰。白牙逃到了灰鬍子那裡，被咬的男孩和家人前來報仇時，他就蜷縮在灰鬍子的雙腳後尋求保護。但是，那家人沒有得逞就離開了。灰鬍子站在白牙這邊，米薩和克魯庫奇也是。白牙聽著唇槍舌戰、看著憤怒的手勢，知道自己的行為是正當的。而這也讓他明白，神之間也有區別，分成他的神和其他的神，而兩者之間有著一個差異。不論公正或不公正，他必須承受自己的神的雙手所施予的一切。可是，他沒有必要去接受其他神不公正的行為，有特權用牙齒去表達自己的憤怒。而這也是眾神的法則之一。

這天結束之前，白牙對這道法則又有了更進一步的認識。米薩獨自一人在森林裡撿拾柴薪，碰到了被咬的那個男孩，旁邊還跟著其他幾個男生。先是一陣激烈言語交鋒，然後所有孩子一擁而上攻擊米薩，讓他難以招架，拳頭像雨點般從四面八方落在他身上。白牙起初在一旁觀望，這是神之間的事，與他無關。接著，他意識到那是米薩，是他自己特別的神之一，正遭受粗暴的虐待。一股莫名而來的衝動讓白牙做出了接下來的舉動。盛怒促使他跳進打鬥的人群裡。五分鐘之後，這群男孩四處逃竄，其中許多人流的血滴到了雪地上，證明了白牙的牙齒沒有閒著。當米薩回到營地講述自己的故事，灰鬍子叫人賞了點肉給白牙。由於灰鬍子給了很多肉，白牙飽餐一頓後就在營火邊打起瞌睡，明白法則已經獲得了證實。

正是根據這些經驗，白牙學會了關於財產的法則，以及保護財產的義務。從保護他的神的身體，到保護其所有物，這是階段性的，而他踏出了這一步。要從全世界的手中捍衛他的神所擁有的東西，即使要去咬其他的神也是如此。這種行為不僅在本質上是褻瀆的，同時也充滿危險。那些神無所不能，而一隻狗是無法跟他們抗衡的，但白牙學會了面對他們，勇猛好戰，毫不畏懼。責任超越了恐懼，那些偷竊的神最好記住要離灰鬍子的財產遠一點。

在這方面，白牙很快就明白了一件事，那就是偷竊的神通常是膽小的，一聽到警告的聲響就會拔腿逃跑。此外，他還了解到從自己發出警告聲到灰鬍子趕來幫忙，中間間隔的時間很短，因此才知道小偷逃跑並不是因為害怕他，而是害怕灰鬍子。白牙不用吠叫來當作警告。他從沒吠過一聲。他的做法是筆直朝著入侵者衝過去，如果可以的話就咬上一口。由於白牙個性孤僻、獨來獨往，與其他的狗沒有任何往來，所以格外適合保護他主人的財產，而灰鬍子也在這方面鼓勵和訓練他。這造成的其中一個結果是，白牙變得更加凶殘、頑強，也更加孤獨。

幾個月過去了，狗與人之間的盟約越來越牢固。這是從第一匹離開荒野、加入人類的狼開始，所立下的古老盟約。而如同所有後來立下盟約的狼和野狗，白牙也弄清楚了這項盟約，條款非常簡單。為了擁有一個有著血肉之軀的神，他要用自己的自由來交換。食物和營火、保護和陪伴，是他從神那裡獲得的東西。作為回報，他要保護神的財產、捍衛他的身體、為他工作，並且服從於他。

獲得一位神意味著為他效勞，白牙如此做的原因是基於責任和敬畏，而不是愛。他不懂什麼是愛，也沒有體驗過愛。綺姬已經是遙遠的回憶。此外，他把自己獻給人類時，不僅拋棄了荒野和自己的同類，而且依據盟約的條文，即使他再次遇到綺姬，也不能拋下自己的神而跟著她一起走。白牙對人類的忠誠似乎是他自身存在的一種法則，遠勝於對自由、同類和親人的喜愛。

天助自助的獵食者

快到春天的時候，灰鬍子結束了漫長的旅程。時值四月，當白牙拉著雪橇回到出發的村子，米薩解開他身上的挽具時，他滿一歲了。雖然離發育成熟還要一段時間，但他已經是村子裡滿一歲的狗之中，僅次於利唇，體型最大的狗。他遺傳了狼父與綺姬的體格及力量，已經可以跟成年的狗比肩。但白牙還沒成長到結實的地步，他的體型纖細修長，精壯但並不厚實。他的毛皮呈現狼的灰色，從所有外貌特徵來看，他就是一匹貨真價實的狼。從綺姬繼承而來的四分之一狗的血統，沒有在白牙的身體留下任何痕跡，儘管那在他的心理構成上起了一定的作用。白牙在村子裡四處走動，心滿意足地認出自己在踏上漫長旅途前，就已經認識的眾神。還有那些狗，小狗像他一樣長大了，而成年的狗看上去已經不像他記憶裡殘留的印象那麼巨大可怕。另外，他也不像以前那樣害怕他們，能夠輕鬆自在、昂首闊步地走在他們之間，這對他來說是個既新鮮又愉快的經驗。

有一隻毛髮斑白、名叫巴塞克的老狗，年輕時只要一露出獠牙，就嚇得白牙瑟縮在一旁。從巴塞克身上，白牙明白了自己的微不足道，而現在則是了解到自己產生了多麼大的變化與成長。當巴塞克隨著年齡增長而益發虛弱，白牙則是因為仍在成長變得更加強壯。

在肢解一隻剛被宰殺的駝鹿時，白牙認識到自己在狗的世界裡，對外關係已經發生了變化。他搶到一個鹿蹄，還有一截帶有不少肉的脛骨。正當白牙從其他爭搶成一團的狗群中退開，躲到視線之外的樹叢後面享用自己的獎賞時，巴塞克朝著他衝了過來。在白牙明白自己做了什麼之前，就已經朝不速之客揮出了兩下攻擊，然後俐落地跳開。巴塞克則是被對手大膽又快速的攻擊嚇了一跳，呆坐在原地盯著白牙看，而那截血紅的脛骨就掉在他們中間。

巴塞克老了，他早已明白自己過去慣於霸凌的狗都變得越來越勇猛。這些他不得不接受的苦澀經驗，讓他動用自己所有的智慧去對付他們。如果是在以前，巴塞克會帶著一股理直氣壯的怒火衝向白牙，但是現在的他日漸衰弱的力量已不允許這麼做了。他惡狠狠地豎起毛髮，隔著那截脛骨，用凶險的眼神看向白牙。至於白牙，過往的敬畏大大被喚醒，看上去萎靡不振、畏畏縮縮，像是越來越小隻，同時他絞盡腦汁，思索著逃跑時不那麼難堪的方法。

就在這個時候，巴塞克犯了一個錯誤。如果他滿足於讓自己看起來像是凶神惡煞，一切就會很順利。正打算撤退的白牙會打退堂鼓，把肉留給他。但巴塞克等不及了，他認為勝利已經到手，於是朝著肉走過去。他粗心大意地低下頭去聞那塊肉的時候，白牙微微豎起毛髮。即使是這個時候，巴塞克也還來得及重掌局勢。如果他就只是站在那塊肉旁邊，然後抬起頭來惡狠狠瞪著，白牙最終就會逃之夭夭。但是，新鮮的肉刺激著巴塞克的鼻子，心中的貪婪讓他忍不住咬了一口。

這對白牙來說實在太過分了。由於這幾個月以來他在雪橇隊伍中的統治地位，眼睜睜讓其他的狗吃掉屬於自己的肉，超越了白牙自我克制的底線。一如往常，白牙不帶任何警告就發動攻擊，第一擊就將巴塞克的右耳撕成碎片，突如其來的攻擊讓他大吃一驚。但接下來就立刻發生了更多更嚴重的事。巴塞克被撞倒在地，喉嚨也被咬了一口。在他掙扎起身的同時，這隻年輕的狗又在他的肩膀上補了兩口，速度快到讓他不知所措。巴塞克徒勞無功地衝向白牙，滿懷憤怒的一咬只是撲了個空。下一瞬間，他的鼻子就被劃開，於是踉踉蹌蹌地往後退開，遠離了那塊肉。

現在，局勢逆轉了。白牙站在那截脛骨旁邊，豎起毛髮、發出威脅，而巴塞克則是待在一小段距離之外，做好撤退的準備。他不敢再冒險跟這個動作快如閃光的年輕傢伙對打，而且再一次更加痛苦地體會到自己的年老力衰。他試圖像英雄般維持自己的尊嚴，於是冷靜地轉身背對那條年輕的狗和那截脛骨，彷彿兩者都不值一提，然後昂首闊步地離開。直到出了對方視線之外，他才停了下來，舔起自己流血的傷口。

這件事對白牙的影響是讓他更有信心、更加驕傲，在成年的狗之間走動不必再放輕腳步，態度上也不退讓。白牙不是特地要去找麻煩，完全不是這樣。他所要的只是尊重，堅持自己能隨心所欲獨來獨往，並且不用讓路給任何狗的特權。他必須受到重視，僅此而已。他不再像是大多數的小狗，包含他雪橇隊伍裡的小狗那樣，遭受冷漠和忽視。那些小狗會閃到一邊，讓出一條路給成年的狗，並且被迫要把肉讓給他們。但是，白牙不合群、獨來獨往、孤僻、鮮少左顧右盼、可敬又令人生畏、冷漠又陌生，使得那些困惑不已的大狗將他視為對等的存在。他們很快就學到別去招惹他，不論是貿然採取敵對行動，或是主動表示友好。只要不去打擾他，白牙也不會去找麻煩，這是他們在幾次交手之後，找到最接近理想的狀態。

仲夏時分，白牙遭遇了一段經歷。他跟著獵人外出追捕駝鹿時，無聲無息地跑去查探一頂矗立在村子邊緣的新帳篷，他在那裡恰巧遇到了綺姬，於是停下來看著她。儘管白牙只是模模糊糊地記得綺姬，但依然認得她，可是綺姬就完全不是這麼回事了。她對著白牙揚起嘴角，發出往日威脅的咆嘯，這讓他的記憶變得清晰起來。白牙那被遺忘的童年，全都隨著熟悉的咆嘯聲瞬間朝他襲來。在他知曉眾神之前，綺姬曾是他世界的中心。過往時光的熟悉情感再度回歸並湧上心頭。白牙滿心歡喜朝著綺姬跑去，但是後者卻用尖銳的獠牙迎接，把他的臉頰咬到深可見骨。白牙一點都不明白，帶著困惑和迷茫向後退開。

但這不是綺姬的錯，一匹身為母親的狼生來就不會記得自己在一年前或更早以前所生的幼犬。所以，她並不記得白牙，他是隻陌生的動物、是入侵者，而她現在新生的一窩小狗讓她有權利去表達自己對入侵者的不滿。

其中一隻小狗朝著白牙爬去。他們是同母異父的兄弟，只是彼此都不知道這件事。白牙好奇地嗅了嗅小狗，這次綺姬衝了過來，第二次劃傷白牙的臉。白牙又退得更遠了。所有昔日的回憶和聯想再度消逝，回到其一度從中復甦的墓地裡。白牙看著綺姬舔著她的小狗，並且時不時停下來對著自己咆嘯。綺姬對他來說一點都不重要，白牙早已學會在沒有她的情況下過活。她的意義遭到遺忘。在白牙的思緒裡，綺姬不再占有一席之地，而反過來也同樣如是。

白牙依然一臉茫然佇立不動，思索著這些被遺忘的記憶究竟是什麼，這時綺姬發動了第三次攻擊，意圖澈底把他從這附近趕走。而白牙則是容許自己就這樣被趕走。這是他同族的女性，而在他的同族裡有一項法則，那就是男性不能去攻擊女性。他對這個法則一無所知，因為既不是心智的歸納，也不是某種從世間經驗得來的東西。白牙之所以知道這項法則，就像一種神祕的暗示，或是本能的衝動。這跟他會想在滿天星斗的月色下仰天長嚎，以及畏懼死亡與未知的衝動如出一轍。

好幾個月過去了，白牙變得更加強大、粗壯和結實，同時他的性格正沿著遺傳和環境制定的路線發展。他的遺傳是種可以比作黏土的生命素材，蘊含許多可能性，可以被捏塑成各式各樣不同的形狀。環境則負責去形塑這塊黏土，賦予特定的形狀。因此，假如白牙未曾來到人類的營火旁，荒野就會把他塑造成一匹真正的狼。不過，這些神給予了他一個不一樣的環境，讓他被打造成一隻與狼相當相像的狗，但他確實是隻狗，而不是狼。所以，根據他天性的黏土和環境的壓力，白牙的個性被塑造成某種特定的形狀。這是無可避免的。他越來越孤僻、不合群、獨來獨往和凶狠。同時，其他的狗也更加認識到這點，最好是跟白牙保持和平，而非跟他開戰。而隨著日子一天一天過去，灰鬍子也越來越重視白牙。

白牙看似集所有力量於一身，卻有一個無法擺脫的弱點，那就是他禁不起嘲笑。人類的嘲弄是討厭的事。他並不介意人類彼此隨自己高興去嘲笑任何事，只要不是針對他就好。可是，一旦嘲笑轉到他身上，白牙就會勃然大怒，生氣到極點。白牙嚴肅、沉著、有著尊嚴，但一個笑聲就能讓他情緒失控到不可置信的程度，那會使他極度憤怒和心煩意亂，以致於好幾個小時裡都表現得像是惡魔一樣。在這種時候與白牙發生衝突的狗就倒大楣了。白牙太熟悉法則，不會發洩在灰鬍子身上，因為他的背後有著棍棒和神性的支持。但是那些狗則是一無所有，所以當被笑聲弄得火冒三丈的白牙出現，他們只能逃之夭夭。

白牙三歲的那一年，麥肯齊河的印地安人碰上了一場大飢荒。夏天的時候，捕不到魚。到了冬天，馴鹿離開了慣常的遷徙路徑。駝鹿變得稀少，兔子幾乎絕跡，至於靠著打獵和掠奪為生的動物也相繼滅亡。因為失去往常的食物來源及陷入飢餓而虛弱不堪，他們把目光看向彼此，開始自相殘殺，唯有強者才能生存。白牙的神也總是在狩獵動物，而長者和弱者都餓死了。村子裡哀鴻遍野，婦女和小孩都餓著肚子，為的是把僅有的食物讓給那些在森林裡徒勞無功追逐著肉、兩眼空洞又骨瘦如柴的獵人。

眾神被逼得走投無路，只好吃掉他們的鹿皮靴和手套的柔軟皮革，至於狗則是吃掉了原本套在身上的挽具和抽打他們的鞭子。此外，狗吃下同類，而神也吃下了狗。最弱小和最派不上用場的最先被吃掉。那些倖存下來的狗看在眼裡，了然於心。少數最勇敢和聰明的狗拋棄了已經淪為屠宰場的人類營火，他們逃進了森林，最後不是餓死，就是被狼吃掉。

在這個悲慘的時刻，白牙也悄悄逃到了樹林中。他從幼年的訓練獲得了指引，比其他的狗更適應這種生活，尤其擅長追蹤小生物。他會埋伏好幾個小時，緊盯著一隻小心謹慎的松鼠的一舉一動，然後靠著跟忍受飢餓時一樣巨大的耐心等候時機，直到松鼠冒著風險來到地面。即使在這個時候，白牙也不會倉促行事，他會等到確保自己能夠在松鼠逃回樹上之前發出致命一擊時，才從藏身處飛快竄出，像一顆灰色的子彈，迅速無比，永遠不會錯失目標——那隻逃得不夠快的松鼠。

雖然獵捕松鼠的行動非常成功，但有個難題讓他無法靠著松鼠來過活和長肉，那就是松鼠的數量不夠多，所以逼得他只能去狩獵更小的生物。有時候他餓得受不了，不惜花費大把力氣去搜尋躲在地底洞穴的森鼠，或是跟他一樣飢餓但凶狠好幾倍的黃鼠狼來搏鬥。

在飢荒最危急的時刻，白牙曾偷偷回到眾神的營火邊，但他並未走近營火。他潛伏在森林裡，避免被發現，然後搶走難得中了陷阱的獵物。白牙甚至趁著灰鬍子在森林裡跌跌撞撞蹣跚前行，不時因為虛弱和喘不過氣坐下來休息的片刻，搶走一隻中了灰鬍子圈套的兔子。

有一天，白牙遇到了一隻因為飢荒而骨瘦如柴、關節鬆弛、憔悴不已的年輕野狼。要不是白牙飢腸轆轆，他可能就會跟著這匹狼走，最終加入他的荒野兄弟狼群。但他實在太餓了，於是就撞倒那隻年輕的野狼，將之殺死並且吃掉。

運氣似乎眷顧著白牙。每當最迫切需要食物的時候，他總是能找到可以獵殺的對象。同樣地，在他虛弱的時候，他也很幸運沒有偶然碰上比自己更大的掠食動物。於是，當他遇到飢餓的狼群全力追趕著他的時候，他因為連吃了兩天大山貓的肉而身強體壯。那是一場漫長又殘酷的追逐，但白牙比他們精力更加充沛，跑得比狼群還快。而且他不僅跑得更快，還繞了一大圈來到狼群後方，幹掉了其中一隻精疲力盡的追捕者。

在那之後，白牙離開了那片鄉野地區，前往他出生的山谷。在從前的巢穴，他遇到了綺姬。她再度故技重施，逃離了眾神荒涼的營火，回到過去的避難所來生下她的孩子。白牙出現的時候，僅剩其中一隻小狼還活著，而且注定活不久。在如此的飢荒之中，年幼的生命活下去的機會微乎其微。

綺姬一點都不溫柔親切地去歡迎長大成年的孩子，但是白牙並不介意。他已經長得比母親還大隻了，所以泰然自若地轉過身，往溪流的上游跑去。在河流分岔處，他選擇往左邊的岔路前進，在那裡發現了一個山貓的巢穴，很久以前這裡曾住著一隻跟他和母親搏鬥過的山貓。如今，白牙在這個廢棄的巢穴安頓了下來，休息了一整天。

到了初夏，在飢荒的最後幾天，白牙遇見了同樣逃進森林，但生活過得相當悽慘的利唇。白牙並沒有預料會碰上他。他們沿著高聳懸崖的底部往相反的方向跑開，繞過了岩石的一角，結果發現彼此面對面碰個正著。他們驚惶失措地停了下來，懷疑地看著對方。

白牙的狀態非常好，他的狩獵成果極佳，這個禮拜以來吃得很飽，甚至靠著最近一次的獵物飽餐一頓。不過，在看向利唇的這個瞬間，他的毛髮還是沿著整個背部豎了起來。白牙不由自主地豎直毛髮，這是過去總是伴隨利唇的霸凌和欺負所造成的心理狀態接續產生的生理反應。以前，他一看到利唇就會聳起毛髮、放聲咆嘯，所以現在便自動產生相同的反應。白牙沒有浪費任何一點時間，做起事來迅速澈底。利唇試圖後退，但白牙狠狠撞向他，肩膀對肩膀地把他撞個四腳朝天。白牙的牙齒迅速咬住利唇瘦得皮包骨的喉嚨。利唇做出最後垂死掙扎的期間，白牙在一旁來回踱步，繃緊四肢並留心觀察。接著，他重新上路，沿著懸崖的底部奔馳。

不久之後的某一天，白牙來到了森林的邊緣，這裡有塊狹長的開闊土地，一路向下傾斜延伸到麥肯齊河。他曾經來過這塊地，當時還是光禿禿一片，現在卻有座村莊占據其上。他依然待在樹林間，停下來研究目前的狀況。眼前的景色、聲音和氣味對他來說非常熟悉，是那座舊村子搬到了新的地點，不過依然和他逃離時最後一次感受到的有所不同。這裡沒有啜泣或哀號，開心和滿足的聲音傳到了白牙耳中，而當他聽見一位婦女生氣的聲音，他曉得那是吃飽之後才會有的憤怒。在空氣中還聞到了魚的味道，這裡有食物，飢荒結束了。白牙大膽地從森林跑了出來，直直奔向灰鬍子的帳篷。灰鬍子人不在那裡，但克魯庫奇用快樂的叫喊和一整條剛捕到的魚來歡迎他。於是白牙趴了下來，等待灰鬍子回來。

PART

4

馴服之路

他們都是被馴化的狼，只不過他還保有荒野之中的毀滅力量，狗群只敢成群結隊的攻擊。一位殘暴的鬥狗販子看上了白牙凶猛的本領，想方設法地買下了他，並以毒打及嘲笑來催化他的仇恨，將他變成殘酷的「戰狼」。恨意讓他失去自我，並且擊敗了所有對手，包括幾隻狼與一隻山貓，直到敗給了鬥牛犬切羅基，卻讓一切出現了轉機。

非我族類的敵意

不論白牙的天性裡有多少與他同族親近的可能性，即使微乎其微，一旦他成為了雪橇的領頭犬，就澈底破滅了。如今狗群都恨他入骨，恨米薩給了他額外的肉、恨他受到的寵愛（無論是真是假）、恨他總是跑在隊伍前面。每當白牙在他們前方晃動尾巴，下半身不斷往前飛奔而去，都讓他們的眼睛染上瘋狂的神色。

至於白牙，他也同樣非常討厭狗群。他一點都不樂意當領頭的雪橇犬。三年來，白牙擊敗並制伏了狗群裡的每一隻狗，所以無法忍受現在被迫在狗群的咆嘯聲中拔腿狂奔。然而，他必須忍耐，否則等著他的只有死亡，但他體內跳動的生命還不想死去。只要米薩一聲令下，整隊狗就會發出凶狠激昂的咆嘯，朝著白牙撲過去。

白牙沒有任何還擊的餘地，如果他轉身攻擊狗群，米薩就會揮舞鞭子，火辣辣地抽在他的臉上。他能選擇的只有奮力向前跑，不能把尾巴和下半身暴露在那群嚎叫的狗面前，兩者都不是適合拿來對付這麼多無情利齒的武器。因此，白牙只能向前跑，每一步都在違背他的天性和自尊，就這樣持續一整天。

誰都無法違反自己的天性而不遭到反噬。這種反噬彷彿一根理應從身體向外長的毛髮，現在卻不自然地倒過來長，留下疼痛化膿的傷口。白牙面臨的情況就是如此。他體內存在的所有衝動都驅使他撲向身後吠叫的狗群，但神的意志不許他這麼做；緊跟著神的意志而來的，則是三十英尺長的鹿腸皮鞭的無情鞭打。白牙只能忍氣吞聲，培養著一股與他凶猛頑強的本性相應的憎恨與敵意。

如果有某種生物淪為自己族類的敵人，那指的就是白牙。他既不求寬恕，也不去寬恕。狗群的牙齒咬得他傷痕累累，他也不斷在他們身上還以顏色。不像大多數的領頭犬在紮好營、解開狗兒的項圈後，會窩在眾神附近好尋求庇護。白牙鄙視這種庇護。他會在營地裡毫無畏懼地四處走動，在夜裡報復白天遭受的苦難。在他當上領頭犬之前，狗群就已經學會要讓路給他。但現在一切都不同了，由於狗群整天追逐白牙而興奮不已，腦中都是他在眼前逃之夭夭的畫面，時時刻刻沉浸在優越的快感裡，不願意再讓路給他。只要白牙一出現在他們之間，必定發生爭吵。他要連吼帶咬才能開出一條路。連白牙呼吸的空氣都瀰漫著仇恨和惡意，這又助長了他內心的憎恨和敵意。

當米薩發令要隊伍停下來，白牙就乖乖照辦。起初，這造成了其他狗兒的麻煩，因為他們會一同撲向眼前可恨的領頭犬。豈料局勢卻翻轉了過來。米薩手中揮舞的鞭子會為白牙撐腰。狗兒們漸漸明白當隊伍奉命停止前進，就不要去招惹白牙；但要是他擅自停下來，就盡可能撲上去給他好看。反覆經歷幾次教訓後，白牙沒接到命令就絕對不會停下來。他學得很快。如果生命給予他的是如此嚴酷異常的環境，想要活下去自然就得學得快。

不過，那些狗卻永遠學不會不要在營地招惹白牙。由於白天都在白牙後頭追趕吠叫，導致把前一晚的教訓給拋到了腦後，那麼當天晚上就要再經歷一次教訓，接著隔天又再度忘得一乾二淨。狗兒痛恨白牙有個很大的共通原因，在於他們察覺到白牙非我族類——光是這點就足以對他產生敵意。這些狗和白牙一樣，都是馴化的狼，只不過豢養了好幾代後已經磨光了野性。荒野在他們眼中既未知又可怕，滿是威脅與衝突。然而，白牙無論在外貌、行為，還是本能的衝動上依然保有野性。白牙象徵著野性，也是荒野的化身。所以，狗群朝著白牙露齒威嚇的時候，他們其實是在自衛，想去對抗那隱藏在森林深處、營火外黑暗裡的毀滅力量。

不過，狗兒們倒是學會了一件事，那就是成群結隊的力量。對於任何必須單槍匹馬面對白牙的狗來說，他都是個最糟糕的對手。他們會集體行動來對付他，否則白牙會在一夜之間一個接一個殺死他們。實際上，白牙從來沒有機會殺掉狗兒。因為就算撞翻了一隻狗，還沒等到他上前咬斷對方的喉嚨，狗群就會一擁而上。一有衝突的徵兆，整群狗就會群起攻之。儘管狗兒之間也會相互爭鬥，但在對抗白牙的時候就會放下彼此的恩怨。

另一方面，狗群再怎麼竭盡全力，也殺不死白牙。對他們來說，他太過迅速、太過難纏、太過狡黠了。每當狗群好不容易快要包圍白牙的時候，他總是游刃有餘地全身而退。白牙的腳牢牢站穩大地，就跟他的生命力一樣頑強，所以沒有任何一隻狗能讓他四腳朝天。與狗群永無止境的鬥爭中，要站穩腳步才能活下來，而白牙比誰都還了解這一點。

白牙就這樣成了同族的敵人，這群馴化的狼為人類的營火軟化，更在人類力量的庇護之下變得軟弱。白牙冷酷無情，這也是塑造他身體的本質。白牙跟所有的狗勢不兩立，狠到連野蠻凶惡的灰鬍子都對其凶殘感到非常吃驚，發誓自己從未見過這樣的動物，當外地村莊的印地安人聽聞白牙殺死同族的故事，也莫不異口同聲地這麼說。

白牙快要五歲的時候，灰鬍子又帶著他來了趟長途旅行，沿著麥肯齊河，越過洛磯山脈，下到波丘派恩河（Porcupine），最後抵達育空（Yukon）。一路上經過了許多村落，白牙大肆蹂躪那裡的狗兒，讓人難以忘卻。白牙沉醉於向他的同族報仇雪恨。他們都是些普普通通、沒有戒心的狗，對他的迅速、直接和毫無預警的攻擊一點準備都沒有。他們並不曉得白牙是一道殺戮的閃電。狗兒聳起毛髮、弓起身子忙著威嚇他的時候，白牙一點都不浪費時間在這些繁瑣的準備動作，瞬間就如同彈簧般一躍而起，在狗兒驚惶失措不知發生什麼事的時候，就已經咬斷他們的喉嚨，結束了對手的性命。

白牙成為一個戰鬥高手，非常有效率，絕不浪費一絲一毫的力量，也不會跟對手扭打在一起。他迅雷不及掩耳的攻擊不但不會讓他落入那種險境，就算失守了，也很快就能脫身。野狼不喜近身作戰的習性在白牙身上異常明顯。他無法忍受跟其他動物有長時間的身體接觸，因為從中嗅到的危險氣息會讓他抓狂。他必須保持自由，靠自己奔向任何地方，不受任何活物的拘束。這也代表他身上仍存在著野性，在他的一舉一動中展露無遺。白牙自幼遭受排擠的生活更加深了這種情感。身體的接觸潛藏著危險，是種陷阱，永遠都是陷阱。這種恐懼潛伏在他的生命深處，深入骨髓。

所以，陌生的狗兒碰上白牙，一點反抗的機會也沒有。他會躲開對手的獠牙，然後撲上去了結性命或是向後躲開，絕不發生任何接觸。當然，事情總有例外，好幾次有幾隻狗一擁而上，在白牙掙脫之前重創了他，也曾遇過在一對一時勝過他的狗兒。但這些都只是例外。基本上他的戰鬥技巧爐火純青，幾乎沒有對手能傷他分毫。

白牙另外一個優秀之處，就是能正確判斷時間和距離。這並非刻意的計算舉動，而是渾然天成。他的眼睛能正確的觀察，神經再將影像精確地傳達到大腦。白牙身體各部位的運作比一般狗兒來得更平順穩定，更能協調神經、心智和肌肉的分工合作。當眼睛將某個動作的動態影像傳到大腦，他不費吹灰之力就能判斷該動作的空間侷限和完成時間，因此能避開其他狗兒的撲咬，同時把握極短的時間來反擊。不論是肉體或大腦，他是一台完美運作的機械。這並非是對他的讚美，只不過是與別的動物相比，大自然對他更為慷慨而已。到了夏天，白牙抵達了育空貿易站。去年冬天，灰鬍子跨越了麥肯齊河和育空之間的廣闊流域，花了整個春天的時間在洛磯山脈西側的偏遠山地打獵。等到波丘派恩河融冰後，他就划著獨木舟順流而下，來到北極圈附近與育空河的交匯處。那裡矗立著哈德遜海灣公司的舊貿易站，有很多印地安人、食物，盛況空前。那是一八九八年夏天，成千上萬的淘金客沿著育空河逆流而上，前往道森

（Dawson）和克朗代克（Klondike）。儘管距離這些人的目的地還有數百里之遙，但他們之中許多人奔波了整整一年，還有人長途跋涉超過五千英里，甚至來自地球的另一端。

灰鬍子在這裡停留。由於淘金熱的傳聞早已傳到他的耳裡，所以便帶了幾捆毛皮、獸腸製手套和鹿皮靴過來。倘若不是豐厚的利潤，他才不會冒險跑這趟遙遠的旅程。然而，他獲得的報酬卻超乎想像。他做夢也想不到會有超過百分之百的利潤，甚至得到了十倍的收益。於是，灰鬍子便像個土生土長的印地安人一樣安頓下來，謹慎緩慢地做起生意，即使要一路從夏天賣到冬天才能賣完也無所謂。

在育空貿易站，白牙第一次見到了白人。與熟悉的印地安人相比，白人在他的眼中是另一種存在，是更高位階的神。白人行使的超凡力量讓他印象深刻，而這就決定了他們的神格。白牙沒有在腦中進行推理，或是明確將白色的神歸類為更強大的神。這僅僅只是一種感覺，卻強而有力，如同他在幼狼時期看到人類搭起的巨大帳篷，震懾於其中蘊含的力量，眼前由大量木頭搭建的房屋及貿易站讓他有著同樣的感受。這就是力量。這群白色的神很強大，比他一直以來認為的神（其中最強的神是灰鬍子），擁有更強的主宰力量。相較之下，灰鬍子頂多算是一個嗷嗷待哺的幼神。

當然，這都只是白牙的感覺，並非有意識地進行比較，不過，動物多半是依靠感覺而非思考來採取行動的。現在，白牙的一舉一動都是依據白人為高人一等的神來行動。首先，他抱持著強烈的戒心，不曉得他們有多麼恐怖，又會帶來多嚴重的傷害。

他饒富趣味地觀察他們，但生怕自己被他們注意到。最初幾個小時，他只是偷偷摸摸在他們四周徘徊，保持一段安全距離來觀察。直到他看見靠近這群神的狗兒沒有受到傷害，才又靠近了一點。

與此同時，白人也對他非常好奇，狼一般的外表立刻吸引了他們的目光，紛紛指指點點。此舉讓白牙警戒起來，當他們試圖接近他，他就會露出獠牙然後退開。沒有人能成功伸手摸到白牙，但也幸好沒人辦到。

白牙很快就得知只有少數白色的神住在這裡，不超過十二個。每隔兩、三天，就會有一艘汽船（另一種強大力量的展示）來到岸邊停泊幾個小時，許多白人從汽船上上下下，看上去多到數不清。最初幾天，白牙就看到了比他一生見過的印地安人還多的白人。往後的日子裡，白人不斷來到河邊，稍作停留後便搭船前往河的上游，消失無蹤。

即使白色的神是如此強大萬能，但他們的狗卻不怎麼樣。白牙在跟這群隨著主人上岸的狗交手過幾次後，很快就發現了這個事實。這些狗的體型樣貌各有不同，腿短的太短，腿長的太長，身上長著蓬鬆的毛髮，而非厚實的毛皮，有些甚至不長毛，他們沒有一隻狗知道如何戰鬥。

作為同族之敵，和他們打鬥是白牙的本分。白牙也確實照做了，然後很快就看不起這些狗。他們軟弱無能，只會大吼大叫、笨拙地想用蠻力掙扎，比不上他的靈巧和狡猾。那些狗會邊吼邊衝向白牙，而他便跳向一旁，在他們還搞不清楚狀況時，就撲向他們的肩膀撞倒在地，然後咬向喉嚨。

有時候這種攻擊非常奏效，遭到攻擊的狗一在泥地裡打滾，一旁觀望的印地安人狗群便一擁而上，將那隻狗撕成碎片。白牙很聰明，長久下來他已經知道眾神在狗兒被殺後會勃然大怒，白人也不例外。所以，當他撞翻白人的其中一隻狗並咬碎喉嚨後，就心滿意足地退開，讓一旁的狗群去做殘酷的收尾工作。當白人急忙趕來把怒氣狠狠地招呼在狗群身上，白牙早就溜之大吉。他會待在不遠的地方隔岸觀火，看著石頭、木棍、斧頭和各式各樣的武器落在他的同伴頭上，真是聰明絕頂。

然而，他的同伴也靠自己的方法學聰明了，當然白牙也同樣如此。他們慢慢知道只在船隻第一次靠岸時，才享受得到這種樂趣。在最初兩、三隻外來的狗被殺之後，白人就將他們的狗趕到甲板上，然後對凶手展開瘋狂的報復。有個白人看見自己的獵狗當場被撕成碎片，就迅速掏出左輪手槍開了六槍，地上便躺了六隻將死或已死的狗。這又是另一次力量的展現，深深刻在白牙的腦海裡。

白牙樂在其中。他並不愛自己的同族，又足夠機靈能全身而退。剛開始，殺害白人的狗不過是種消遣，後來漸漸成為白牙的日常活動，因為他也沒別的事可做，灰鬍子忙著做生意發大財。所以，白牙便開始與一群聲名狼藉的印地安人狗群在碼頭閒逛，等候汽船到來。汽船一來，遊戲便開始了。當幾分鐘後白人回過神來，他們已經做鳥獸散。遊戲結束，等到下一艘船抵達才再度上演。

但也很難說白牙成為了印地安人狗群的一分子，他並沒有與狗群混在一起，總是孤身獨來獨往，讓他們常生畏懼。的確，白牙和狗群分工合作。他向外來的狗挑起爭端時，他們在一旁守候；一旦他撞翻對手，他們就衝上去做個了結。只不過白牙這時早已退到一旁，讓狗群代替他去承受盛怒的神罰。

挑起爭端並不難，他只需要在外來的狗上岸後露個面，那些狗看到他就會直衝過來，因為這是他們的本能。白牙代表著荒野，那未知、恐懼、滿是威脅，潛伏在原始世界、營火周圍的黑暗中。當他們蜷縮在營火旁邊，漸漸改變自己的本能，便開始畏懼這個本來是他們的根源，如今卻遭到捨棄和背叛的荒野。而對荒野的恐懼一代一代傳了下來，深植在他們的天性裡。許多個世紀以來，荒野就代表了恐懼和毀滅。在這些歲月裡，狗主人特許他們殺害荒野裡的生命，這不僅是為了保護他們自己，也是保衛與他們相伴的眾神。

於是，這些從愜意的南方初來乍到的狗，跳下甲板踏上育空的岸邊，一看到白牙就萌生一股想衝上去撕碎他的衝動。儘管他們可能是在都市長大的狗，本能上卻對荒野有著同樣的恐懼。他們不僅親眼看到有隻如狼般的生物，光天化日之下站在自己面前，透過他們祖先的視野和傳承下來的記憶，知道眼前的白牙是匹狼，憶起了遠古的深仇大恨。

這一切都讓白牙的日子過得非常開心。這些外來的狗一看到他就會撲上前來，對他來說是天大的好事，對狗兒則是偌大的不幸。他們認為白牙是合理的獵物，反過來他也這麼認為。

不論是白牙在孤單的巢穴裡第一次見到白日的曙光，或是第一次與松雞、鼬鼠和山貓搏鬥，抑或是幼年時期遭到利唇和其他小狗的欺負，無一不深深影響了白牙。如果沒有利唇，他或許會與其他小狗一起度過童年，變得更像一隻狗，也更親近他的同族。假如灰鬍子釋出善意與愛，也許就能喚起白牙內心深處的天性，帶出潛藏其中的良善特質。然而，一切都事與願違。白牙被塑造成現在這個樣子，陰鬱孤僻、無情凶狠，同族全都成了他的仇敵。

不斷的背叛與傷害

住在育空貿易站的白人為數不多，這群人在這鄉下地方待了很長一段時間，稱呼自己為「酸種麵團」並引以為傲。對於其他新來到這塊土地的人們，他們只有滿滿的鄙視。任何從汽船上岸的人都算新來的，被戲稱為「菜鳥」，每當聽到有人這麼稱呼自己，這群「菜鳥」總是垂頭喪氣。「菜鳥」和「酸種麵團」之間最大的不同，在於前者是用泡打粉做麵包，而後者就真的是用酸種麵團做麵包，因為他們沒有泡打粉。

不過這些都無關緊要。貿易站的人鄙視新來的人，對他們的痛苦幸災樂禍，特別樂於看著「菜鳥」的狗遭到白牙和他惡名昭彰的同夥蹂躪。每當汽船靠岸，貿易站的人們就會滿心期盼來到岸邊，等著好戲上演。他們跟那群印地安人的狗一樣期待白牙登場，對他的野蠻狡猾讚不絕口。

其中有個人特別熱中於這種娛樂，汽船才鳴響第一聲汽笛，他就飛奔而來，然後等到打鬥全部結束、白牙和狗群早已散去，他才悵然若失地緩慢走回貿易站。有時候當一隻軟弱的南方狗兒倒下，在無數獠牙圍繞中發出垂死的呼號，他甚至會高興得手舞足蹈、大呼小叫，不能自已。而他總是用一種銳利又貪婪的眼神望著白牙。

貿易站的人都叫他「美男子」，沒人知道他的全名，附近的人則通常稱呼他「美男子史密斯」。但他本人跟「美」八竿子打不著，甚至恰好相反，他長得特別醜陋，醜到大自然似乎對他特別刻薄：個頭矮小，身形消瘦，腦袋小得驚人，頭頂尖尖凸起。實際上，在人們稱呼他為美男子之前，在孩提時代的綽號就叫作「尖頭」。

從史密斯的後腦勺望過去，輪廓線從頭頂就一路斜前到脖子上方；從正面看過去的傾斜度就更驚人了，直抵他那又低又寬的額頭。大自然彷彿覺得對他有所虧欠，在捏造五官時又過度修飾。他有對巨大的眼睛，兩者之間隔得非常開。相較於身體其他部位，他的臉大得驚人。為了找到足夠的空間，大自然還給了他一個同樣突出得嚇人的下巴，不但又寬又重，向外和向下突出的程度誇張到似乎直接靠在了他的胸口上。下巴之所以長得這副德性，或許正是因為他纖細的脖子已經疲憊不堪，難以撐起上方過度沉重的負擔。

這樣的下巴給人一種兇猛果敢的印象，卻又缺了點什麼。或許是太過多餘，抑或是太過巨大，無論如何，這種印象只是假象而已。美男子史密斯最為人所知的，就是他軟弱怕事，而且是膽小鬼中的膽小鬼。讓我們來繼續描述他的長相：又大又黃的牙齒，其中上排兩顆犬齒特別長，在他輕薄的嘴唇底下就像獠牙似的。大自然似乎用光了自己的顏料，把剩下的統統擠到他混濁泛黃的眼睛上。他稀稀疏疏又雜亂生長的頭髮也同樣如此，是種骯髒不堪的黃色，從頭頂破土而出，毫無章法地一簇簇垂到面前，彷彿強風吹倒的麥穗。

總而言之，美男子史密斯是個畸形，當然這不是他的錯，因為打一出生就被塑造成了這副模樣。他為貿易站的其他人做飯、洗碗和許許多多的苦差事。貿易站的人們並不鄙視他，反倒用寬容大度的態度容忍他，就像是對待任何先天有缺陷的生物一般。除此之外，他們還很怕史密斯，生怕他那膽小鬼的怒火會從背後向他們開槍，或在咖啡裡下毒。但總得有人做飯，而且撇開史密斯的缺點，他還挺會做飯的。

正是這個男人看上了白牙，欣賞他凶猛的本領，渴望據為己有。史密斯打從一開始就向白牙示好，然而他並不領情。隨著史密斯的態度越來越強硬，白牙從最初的不理不睬，到後來豎起毛髮、露出獠牙威嚇，接著開始閃躲。他不喜歡這個男人，有著不好的感覺，他從中感受到了邪惡的存在，害怕那伸過來的手和甜言蜜語。就因為上述這些理由，白牙討厭這個男人。

如果是相對單純的生物，好壞相當簡單易懂。帶來舒服滿足、能夠消除痛苦的事物就是好的，也因此受到喜愛。至於任何會感到焦慮不滿、威脅、受傷的事物就是壞的，會遭到怨恨。白牙在美男子史密斯身上感受到的就是後者。用比較神祕的說法來形容，就像充滿瘴氣的沼澤中瀰漫的濃霧一般，從這人畸形的身體和扭曲的心智中散發出一種不妙的氣息。這並非單純透過理性或感官，而是源自某種更為虛無飄渺的直覺，讓白牙感受到這個男人的邪惡不祥、包藏禍心，因此這可是個壞東西，最好對他保持戒心。

美男子史密斯第一次拜訪灰鬍子時，白牙正好在營地裡。連人影都還沒看到，光是遠處傳來微微的腳步聲，白牙就知道來者是誰，毛髮便聳立起來。他原本舒適慵懶地躺著，立刻爬起身來，像隻真正的狼一般悄悄溜到營地邊緣。他聽不懂他們的對話內容，但知道這個男人跟灰鬍子在談論某件事。那個男人一度用手指向了他，儘管他們之間距離有五十英尺之遠，卻彷彿近到快碰到了一樣，於是白牙狠狠吠了回去。史密斯看見這幕放聲大笑；白牙則躲進隱蔽的樹叢裡，一邊不動聲色地移動，一邊回頭觀察動靜。

灰鬍子不願意賣掉白牙。他已經靠做生意發了財，什麼也不缺。加上白牙價值非凡，是自己養過最強壯的雪橇犬，也是最好的領頭犬，不論是在麥肯齊河還是在育空河流域，沒有一隻狗可以比得上他。白牙擅於打鬥，殺死其他的狗就像人類打死蚊子一樣容易（美男子史密斯聽到這裡，雙眼發光，貪婪地用舌頭舔了舔自己輕薄的嘴唇）。不！白牙無論多少錢都不賣。

但是，美男子史密斯對印地安人瞭如指掌。他常常來拜訪灰鬍子，總是在外套底下藏著一只黑色瓶子般的玩意，那是威士忌，而其中的一個威力就是會讓人上癮。灰鬍子就染上了這個毛病，他燒灼的喉嚨和滾燙的胃開始渴望更多這種灼熱的液體。他的腦袋則是被這種罕有的刺激弄得飢渴難耐，迫使他不顧一切代價都要買到威士忌。灰鬍子靠著毛皮、手套和鹿皮靴賺來的錢逐漸花光。隨著錢花得越來越快，越來越缺錢，他的脾氣也變得越來越糟。

最後，灰鬍子的錢、貨物和脾氣全都一去不復返，留給灰鬍子的只剩下對威士忌的癮頭，隨著他每吸一口氣都在他心中占據更加龐大的分量。於是，美男子史密斯重提賣掉白牙這檔事，只不過這次不是用錢，而是用威士忌來支付，而這話讓灰鬍子聽得心動不已。

灰鬍子最後鬆口道：「只要你抓得住他，他就是你的。」

兩天後，美男子史密斯帶來了威士忌，卻對灰鬍子說：「你給我把他抓住。」

某天傍晚，白牙溜進了營地趴了下來，心滿意足地嘆了一口氣。那可怕的白神不在這裡。這幾天裡，他想對自己下手的意圖變得越來越明顯，害得白牙不得不避開營地。白牙不曉得那一再逼近的雙手有什麼邪惡的企圖，只知道帶有某種不妙的威脅，最好離得遠遠的。

白牙才剛躺下來，灰鬍子就搖搖晃晃地靠近，將一條皮繩綁在他的脖子上，然後坐在一旁，一手緊握著皮繩的另一頭，一手拿著個瓶子，不時將瓶子高舉到頭上，咕嚕咕嚕地灌著酒。

一個小時後，傳來一陣腳步聲。當白牙聽到這個腳步聲，立刻認出並作勢威嚇的時候，灰鬍子依然昏昏沉沉地打盹。白牙想把皮繩從主人手中輕輕地抽出來，此時放鬆的手指卻緊握了起來，灰鬍子醒過來了。

美男子史密斯大步走進營地，站在白牙面前。白牙朝著這令人恐懼之物輕聲咆嘯，緊盯著那雙手。一隻手伸了出來想要靠近白牙的頭頂，讓他的嚎叫聲變得粗暴緊繃起來。那隻手繼續慢慢貼近，白牙蹲伏下來，凶狠地瞪過去，咆嘯隨著呼吸變得越來越急促而不斷加快，已經瀕臨極限。就在這一瞬間，白牙像蛇一樣露出獠牙，猛然一咬。美男子史密斯趕忙將手收回，讓白牙的利齒撲了個空，留下響亮的喀嚓聲。史密斯又驚又氣。灰鬍子猛拍了白牙的腦袋，他只好恭恭敬敬地緊趴在地上。

白牙滿腹狐疑地盯著每個動作。史密斯走了出去，回來時手上拿著一根結實的棍棒，接著灰鬍子把皮繩交到了他的手上。隨著美男子史密斯轉身準備離開，皮繩越繃越緊，但白牙拒絕服從。灰鬍子不分青紅皂白地痛打白牙，想讓他起身跟著史密斯走。白牙照做了，卻猛然衝向這個拖著他走的陌生人。然而，美男子史密斯並未跳開，早就在等這一刻發生，他迅速有力地揮舞手中的棍棒，把白牙打倒在地。灰鬍子放聲大笑並點頭稱許。美男子史密斯再度拉緊了皮繩，白牙便頭昏腦脹地站了起來。

這次，他沒有發起第二次進攻。挨了這一棍，白牙充分明白眼前的白神知道如何使用這個武器，而他很聰明地知道要避免無謂的掙扎，於是夾著尾巴，悶悶不樂地跟在美男子史密斯的後面，並依然在呼吸間輕聲低吼。然而，美男子史密斯總是警覺地提防，隨時準備揮舞手中的棍棒。

回到了貿易站，美男子史密斯牢牢綁好白牙就上床睡覺了。白牙等了一個小時，便用牙齒咬斷了皮繩，短短十秒鐘就重獲了自由。他沒有浪費任何一丁點時間，或是任何一咬的力氣。斜切而斷的皮繩，切口像刀子劃開一樣整齊。白牙抬起頭來望向貿易站，同時豎起身上的毛髮，仰天長嘯。接著，他轉身跑回灰鬍子的營地。白牙沒有向這位陌生又可怕的神明宣誓效忠，他仍然認為自己是屬於灰鬍子的。

然而，先前發生的事再度重演，只是結局有所不同。灰鬍子再次用皮繩扣住了他，一大早就把他交給美男子史密斯。接著，就是那結局的分歧點。美男子史密斯給了白牙一陣毒打。由於被牢牢綁住，白牙只能徒勞地發怒，忍受這頓懲罰。棍棒和皮鞭交互招呼到他身上，是他這輩子從未經歷過的嚴厲毒打。即使是他幼犬時期受到灰鬍子的那一頓痛毆，與這相比都是小巫見大巫。

美男子史密斯享受這過程，樂此不疲。他得意洋洋地望向眼前的犧牲品，當揮舞著手中的棍棒和鞭子，聽著白牙發出疼痛的哀號和無助的低吼，眼睛裡浮現出了陰沉的神色。美男子史密斯表現出的，正是專屬於膽小鬼的殘酷。他在別人的打罵之下哭喊求饒，反過來則欺負比自己弱小的生物。所有生命都渴求力量，史密斯也不外如此。正因為在自己的同類中展現不出力量，他便退而求其次，發洩在更低等的生物身上，以證明自己體內的那股生命力量。但是，史密斯並非有意讓自己變成這個樣子，也不必去譴責攻擊他。他帶著一副畸形的身體與殘酷的智力來到這個世界，這構成了他的本質，而世界又未曾親切和善地去塑造他。

白牙知道自己挨打的原因。當灰鬍子用皮繩綁住他的脖子並交給美男子史密斯，白牙就曉得這代表他的神要自己跟著美男子史密斯走。而當美男子史密斯獨留他綁在貿易站外頭時，他也了解美男子史密斯的意思是要他待在那裡。因此，他違反了兩個神的意志，才會遭到這頓毒打。他以前也看過狗兒換主人的場景，逃跑的狗兒就會像他一樣被痛打一頓。白牙很有智慧，但在他的本性裡有些力量比起智慧更為強大，其中之一就是忠誠。白牙不喜歡灰鬍子，即使不顧他的決定和怒火，依然對他抱持忠誠。白牙對此無可奈何，忠誠是構成他生命的其中一種特質。這種屬於他與同類的特質，區分了他們與其他物種的不同，更是使得狼與野狗能走出荒野，成為人類伙伴的關鍵所在。

毒打之後，白牙被拖回貿易站。這一次，美男子史密斯把他綁在一根棍子上。但是，任誰都不會輕易放棄自己的神，白牙也是如此。灰鬍子是他獨一無二的神，儘管灰鬍子心意已決，白牙仍然堅信於他，不肯放棄。就算灰鬍子背叛且拋棄了自己，白牙依然不改其志。白牙並非毫無理由將自己的身體和靈魂交給灰鬍子。他對此沒有任何保留，他們之間的關係不會那麼容易破裂。

因此，夜深人靜，貿易站裡的人都陷入沉睡的時候，白牙試圖用牙齒啃咬拴著他的棍子。但是，木棍又硬又乾，而且貼得離脖子很近，讓他的牙齒很難搆到棍子。他使盡全力扭著脖子，終於成功咬住棍子，但也不過是剛好讓棍子卡在牙齒之間而已。靠著好幾個小時堅持不懈的努力，白牙如願磨斷了木棍，這理應是任何一隻狗都辦不到的事，沒有人能想像得到。但白牙就是辦到了，一大清早就跑出了貿易站，脖子上還掛著斷了的半截的木棍。

白牙很有智慧，不過如果僅僅只有智慧，他就不會再回到出賣自己兩次的灰鬍子身邊。然而，因為白牙心中的忠誠，他再一次回到營地，迎接第三次的背叛。灰鬍子又在他的脖子上用皮繩綁了一圈，而美男子史密斯同樣又來索要他回去。這次，白牙再次遭受了前所未有的毒打。

當白人揮舞著鞭子的時候，灰鬍子就在一旁面無表情地旁觀，沒有伸出任何援手。白牙已經不是他的狗了。史密斯停手後，白牙痛苦不堪。如果是軟弱的南方犬，早就被打死了，但他可是白牙。他的生命歷練比這更加嚴酷，他本身也更為頑強。白牙擁有強大的生命力，對生命的執著也十分強烈，但他變得非常虛弱。美男子史密斯等了半個小時，白牙才能夠起身，步履蹣跚地盲從著史密斯的腳步，回到了貿易站。

如今，拴住白牙的是一條利牙也無能為力的鐵鍊，他徒勞無功地奮力猛衝，想要扯掉把鐵鍊釘在木頭上的釘子。幾天後，神智清醒但一貧如洗的灰鬍子踏上了從波丘派恩回到麥肯齊河的漫長旅行。白牙獨自留在了育空，成為一個幾近瘋狂、極度殘忍的男人的財產。不過，一隻狗又怎麼能意識到什麼是瘋狂呢？對白牙來說，美男子史密斯再怎麼可怕，仍舊算是個貨真價實的神，充其量也只是個瘋狂的神，但白牙對於瘋狂一無所知。他只知道自己必須服從這個新主人的意志，遵從他異想天開的突發奇想。

滿懷怨恨與戰鬥

在人類瘋狂的驅使之下，白牙變成了魔鬼。美男子史密斯用鐵鍊把白牙拴在貿易站後方的獸欄裡，不斷嘲弄並激怒他，還透過種種折磨逼使白牙變得更加狂暴。這個男人早就發現白牙對笑聲非常敏感，便攻擊他的痛處，每當戲弄得他痛不欲生時，必定嘲弄一番。這位神的笑聲是如此輕蔑嘲諷，同時還會對著白牙指指點點。好幾次下來，白牙喪失了理智，盛怒占據了他的心智，讓他變得甚至比美男子史密斯還要瘋狂。

在此之前，白牙只不過是自己同族的敵人，而且是個凶狠的敵人。如今，他與所有東西為敵，並且凶狠更甚以往。他被折磨到沒有一絲一毫的理性，盲目地憎恨著一切，憎恨束縛自己的鐵鍊、憎恨那些從獸欄的縫隙偷看的人，憎恨那些仗著人類靠山，在他無可奈何時惡狠狠朝他吠叫的狗、憎恨囚禁他的獸欄木板。當然，白牙自始至終最恨的就是美男子史密斯。

然而，美男子史密斯之所以這樣對待白牙，是別有居心的。某天，一群人聚集到了獸欄旁邊。美男子史密斯手拿棍棒走進獸欄，解開白牙脖子上的鐵鍊。在他的主人走出去之後，白牙在獸欄裡橫衝直撞，想要撲向外頭圍觀的那群人。他的那副模樣極其可怕：身長足足有五英尺，坐起來的肩高則有二英尺半，遠遠超過一隻正常的狼應有的體型。白牙從母親身上繼承了狗兒更為壯碩的體格，沒有任何一點脂肪或多餘的贅肉，重達九十多磅。他全身上下滿是肌肉、骨骼和肌腱，是為戰鬥打造的完美身軀。

獸欄的門再度被人打開。白牙停了下來，似乎有什麼非比尋常的事即將發生，他靜觀其變。當門開得更大了一點，一隻身型巨大的狗被推了進來，然後門就「砰」一地一聲關上了。白牙從未見過這種狗（那是一隻獒犬），但這隻入侵者的體型和凶狠並沒有嚇唬到他。在這獸欄裡出現了一個既非木頭也非鋼鐵、可以讓他發洩怨恨的東西。他以迅雷不及掩耳的速度一躍而起，張嘴撕裂了獒犬的側頸。獒犬晃了晃腦袋，聲嘶力竭地吠叫，接著撲向了白牙。但是，白牙四處閃躲，總是能逃過對方的攻擊，然後撲向前去用獠牙還以顏色，並及時跳開避免遭到反擊。

外頭圍觀的人鼓掌喝采。美男子史密斯欣喜若狂，為白牙撕裂的傷口幸災樂禍。獒犬打從一開始就毫無勝算，他實在太過笨重、行動緩慢。最後，美男子史密斯用手中的棒子趕開白牙，獒犬就被主人拖出場外。接著，就是結算賭注的時刻，滿滿的金幣在美男子史密斯的手中叮噹作響。

白牙變得殷切期盼人群聚集在他的獸欄旁邊，因為這就代表了即將展開一場戰鬥，如今這是他獲賜能展現體內生命力量的唯一方式。白牙遭到囚禁、飽受折磨、滿腔怨恨，除非他的主人覺得有必要放另外一隻狗來跟他對打，否則無從發洩。美男子史密斯沒有錯估白牙的力量，他總是勝利的一方。有一天，三隻狗輪番上陣挑戰。還有一天，一頭剛在荒野抓到的成狼從獸欄門口被推了進來。又有一天，白牙必須同時面對兩隻狗，那是他所面對最為嚴峻的一場戰鬥，儘管他成功結束了對手的性命，但自己也傷得半死不活。

那年秋天，下起第一場雪、滾滾河水夾雜碎冰的時候，美男子史密斯帶著白牙來了趟旅行，搭上了從育空逆流而上前往道森的汽船。白牙現在在這塊土地上聲名大噪。他的封號「戰狼」遠近知名，使得他被關進了甲板上的籠子裡，周遭總是圍著一群好奇的人。白牙不是滿腔怒火朝他們嚎叫，就是冷酷無情地靜靜觀察他們。為什麼他非得恨這些人不可？白牙從未問過自己這個問題，他知道的只有恨，而且會在強烈的恨意中失去自我。生活對他來說已經如同地獄。他生來就不是為了成為一隻被人囚禁在密閉空間、受盡折磨的野獸，然後這正是他現在的處境。人們盯著白牙看，把棍子戳進籠子柵欄之間的空隙逗弄白牙，惹得他發出怒號，而他們以此為樂，放聲大笑。

這群人就是造就白牙的環境，把白牙塑造得比原本大自然預想的還要凶猛。儘管如此，自然也賦予了他可塑性。如果是其他動物，早就命喪黃泉或精神崩潰了，但白牙能夠調適自己、存活下來，而且保持神智正常。也許美男子史密斯這個帶來磨難的惡魔最終會摧毀白牙的心靈，但迄今並沒有任何成功的跡象。

如果說美男子史密斯心中有個魔鬼，那麼白牙同樣也有，這兩個魔鬼不斷將怒氣傾瀉在對方身上。過去，白牙還曉得在一個手拿棍棒的人類面前要卑躬屈膝，表示服從；如今，他已經完全拋到腦後，只要一看見美男子史密斯，就會暴怒起來。他們近距離面對面的時候，就算白牙被史密斯用棍棒逼退，他依然會低聲怒號咆嘯，露出獠牙威嚇，誓死不休。無論被打得多慘，白牙都會吼回去。當美男子史密斯舉手投降離開，背後就會傳來挑釁的嚎叫，白牙甚至會在憤恨之下猛撞牢籠的欄杆。

汽船抵達道森，白牙終於上了岸，但他依然被關在籠子裡，圍著一幫好奇的群眾，沒有任何隱私的空間。史密斯用「戰狼」的噱頭將白牙公開展示，人們付他價值五分錢的砂金來一探究竟。白牙自此不得安寧，當他想要趴下來打盹，就會有人拿出一根尖銳的棍子去吵醒他，畢竟觀眾覺得自己付了錢就要值回票價。為了保持展覽的樂趣，他經常被弄得暴躁不堪。但最糟糕的是白牙身處的那種氛圍，他被人們視為荒野裡最可怕的野獸，隔著籠子都能感受到這種目光。人們的一言一行和謹慎的態度，都讓白牙體會到自己的凶殘恐怖，此舉更是火上加油，最終滋長了他的凶殘，變本加厲。這又是另外一個證明白牙內在可塑性，以及他會受到外在環境壓力形塑的例子。

除了公開展覽之外，白牙就是隻專職打鬥的野獸。每隔一段時間，只要安排好戰鬥場次，白牙就會被拖出籠子，帶到距離鎮上幾英里遠的樹林。這通常會在夜裡行動，避免受到騎警的騷擾。經過好幾個小時的等待，天一亮，觀眾和他要面對的那隻狗就會抵達。就這樣，白牙要跟各式各樣體型大小、血統品種的狗搏鬥。這裡是個野蠻的大地，充斥著野蠻的人類，而這些戰鬥往往打到至死方休。

白牙的戰鬥不斷繼續下去，顯然就代表著死掉的總是對方的狗，他自己則未嘗敗績。幼年與利唇及整個狗群對抗所訓練出來的經驗，讓白牙占了上風。他牢牢站穩地面屹立不搖，沒有一隻狗能擊潰他的立足點。這些體內流著野狼血液的物種，他們最愛的把戲，就是在筆直向前衝或是出其不意地急轉彎後，撞向白牙的肩頭，意圖把他撞倒在地。麥肯錫獵犬、愛斯基摩犬、拉不拉多犬、哈士奇和阿拉斯加雪橇犬都嘗試過一輪，全都以失敗告終。白牙從未失去過重心，於是一傳十、十傳百，人們每次都在期待見證白牙失敗的那一刻，但他們總是鎩羽而歸。

另外，白牙風馳電掣般的速度，也讓他在面對對手的時候擁有巨大的優勢。無論白牙的對手有多麼豐富的戰鬥經驗，他們從未遇過能移動得如此迅速的狗。而同樣棘手的，還有他毫不拖泥帶水的攻勢。普通的狗在進入戰鬥之前，都習慣先做一些咆嘯、聳毛和低吼的預備動作，所以在還沒準備好，或是搞清楚發生什麼事之前，就已經被白牙撞倒在地，給予致命的一擊。由於這種狀況時常發生，人們習慣會先壓制住白牙，等到對手做好戰鬥準備，甚至已經發動第一波攻擊後，才會放開他。

但是，白牙最有利的優勢來自在於他的經驗，白牙比任何與他對陣的狗都還懂得戰鬥。他打過更多場架，知道怎麼應付更多花招和戰術，同時自己還懂得更多伎倆，戰術則臻至完美的境界。

隨著時光流逝，白牙的架越打越少，人們已經不覺得狗族之中能找到與他匹敵的對手了，美男子史密斯逼不得已只好放進野狼與他搏鬥。這些野狼都是印地安人特地為此設下陷阱抓來的，而白牙與狼之間的對決總是票房保證。有一次，他們抓到了一隻成年的母山貓，白牙這次可以說是拚上了性命。山貓不論是敏捷或凶猛的程度，都與白牙不相上下，差別在於白牙僅能依賴他的獠牙，而山貓則多了四隻銳利無比的爪子。

然而，打贏山貓之後，不再有戰鬥找上白牙，已經沒有任何動物是他的對手，至少人們認為沒有哪種動物能與他一戰。此後，他就只剩下公開展覽的價值，直到隔年春天，一個名叫提姆·齊南的發牌員踏上了這塊土地，他帶著一隻克朗代克前所未見的鬥牛犬。白牙注定要與這隻狗面對面交手，而這場預料之中的對決便成為了鎮上特定地區的話題焦點。

糾纏的死神

美男子史密斯解開了白牙脖子上的鐵鍊，隨即向後退開。

白牙沒有立刻發起攻擊，而是原地蹲著不動，耳朵前豎，警戒又好奇地觀察眼前面對他的陌生動物。他以前從未見過這樣的狗。提姆．齊南把鬥牛犬往前一推，低聲說道：「快上！」這隻矮胖笨拙的狗搖搖晃晃地走到場中央，然後停了下來，眨眨眼睛看著白牙。

人群傳來各種呼喊聲：「解決他，切羅基！」「攻擊他，切羅基！」「吃了他！」

可是，切羅基似乎不急於戰鬥，轉過頭來對著朝他大喊的人群眨了眨眼，同時很和善地搖著只剩半截的尾巴。他並非害怕，單純只是懶惰，此外似乎看起來不打算跟眼前的這隻狗搏鬥。他並不習慣跟那種狗打鬥，正等著人類帶隻真正的狗上場。

提姆．齊南踏進了決鬥場，彎下腰用雙手逆著狗毛的紋理去撫摸切羅基的兩側肩膀，輕輕做出前推的動作。這麼多的暗示都是為了激怒切羅基，他開始從喉嚨深處發出輕聲低吼，對應著男子手部動作的節奏。每當手往前推到底，就會從他的喉嚨裡響起吼聲，然後聲音漸漸減弱，隨著下一輪的動作開始就再度揚起聲響。每個動作的結束都是旋律的重音，當動作戛然而止，吼聲就會猛然而起。

白牙對此並非無動於衷，他聳起了從脖子跨到整個肩膀的大片毛髮。提姆・齊南向前推了最後一下，就再次退到場外。前推的動力消失後，切羅基主動弓起四肢飛快地向前衝。緊接著白牙就發動了攻擊。現場響起了一陣驚愕的讚嘆聲。白牙拉近了距離，他進攻的動作一點都不像是隻狗，而是像貓一樣迅速用獠牙咬上一口，然後俐落地跳開。

鬥牛犬厚實的脖子被劃開一道傷口，一隻耳朵後方不斷流下鮮血，但他不為所動，甚至沒有發出一聲哀號，就只是轉過身來追著白牙。雙方一個敏捷迅速、一個沉穩冷靜，讓圍觀的人群情激昂，為自己看好的那方投入新的賭注，或是加碼更多的金額。白牙一次又一次地跳上前去並發動攻擊，然後毫髮無傷地退開；然而他那古怪的敵手仍然不疾不徐、意志堅定、有條不紊地緊追在後。這展現了切羅基的意志，一旦他下定決心，面對任何事都不為所動。

他的一舉一動都貫徹了如此的意志。白牙困惑不已，從來沒見過這樣的狗，身體沒有一點毛髮保護，肌膚軟嫩、容易見血，不像他的同類有著厚實的毛皮可以抵擋白牙的利齒。白牙每一口都能輕鬆咬入肌肉深處，這隻動物似乎沒有自衛的能力。另一件讓白牙心煩意亂的是，對手沒有發出一聲哀號，跟他過往與其他狗打鬥的情況截然不同。這隻動物既不咆嘯，也不低嚎，就只是默默承受攻擊，鍥而不捨地追著白牙。

切羅基的動作並不慢，能夠迅速轉頭並扭過身來，但就是逮不到白牙，所以同樣非常困惑。他從來沒有碰過一隻自己無法靠近的對手。過去的戰鬥往往都是雙方急著想要貼近對手，但眼前的這條狗卻一直保持距離，左閃右躲、四處逃竄。即使牙齒咬進自己的身體，他也不會緊咬不放，而是立刻鬆口，逃之夭夭。

可是，白牙咬不到對手脖子下方的柔軟肌肉。鬥牛犬的個頭太矮，結實的下顎提供了額外的保護。白牙毫髮無傷地跳進跳出，切羅基的傷口卻不斷增加，頭部和頸部兩側都被撕裂得鮮血淋漓，但一點都沒有驚惶失措的跡象。他繼續埋頭追著白牙，在一次徒勞的嘗試後，澈底停了下來，朝著看向他的觀眾眨了眨眼睛，同時搖搖他那半截尾巴，表達自己繼續戰鬥下去的意志。

就在這個剎那，白牙飛快地掠過他的身邊，順口撕裂他那修剪過後的耳朵。切羅基在表現出些許憤怒的情緒後，繼續展開追逐，跑在白牙繞圈路線的內側，盡其所能要去死死咬住白牙的喉嚨。這鬥牛犬有一次差點得手，白牙瞬間跑往相反方向，間不容髮地躲過了攻擊，博得觀眾的滿堂彩。

隨著時間一分一秒過去，白牙依然不斷東跑西躲、竄進竄出，造成對手更多的傷害。至於鬥牛犬則堅毅頑強地繼續拚命追著白牙，遲早都要達成自己的目的，咬下那致命的一擊，獲得勝利。同時，他也承受著對手施加在身上的所有攻擊。白牙閃電般的攻擊實在太難預料與防範，切羅基的耳朵被削成碎片，脖子和肩膀上劃出了許多道傷口，連嘴唇也被撕裂，血流如注。

白牙一次又一次試圖撞倒切羅基，讓他失去平衡，但他們之間的高度差距太過懸殊。切羅基實在太過矮胖、太貼近地面了。白牙故技重施，在一次急速折返時終於等到了機會。他逮到切羅基，因身體跟不上轉頭的速度，而讓肩膀暴露出來。白牙立刻衝過去，卻因自己的肩膀太高，在衝撞的猛烈勢頭之下，直接越過了對手的身體。這是人們在白牙的打鬥中，第一次見到他失去平衡。白牙先是在空中翻了半圈，要不是他像貓一樣扭轉身體，才得以用腳著地，不然早就摔得四腳朝天。儘管如此，他仍側身重摔在地。雖然下一秒就立刻起身，但切羅基的牙齒已經咬上了他的喉嚨。

這一咬沒有命中要害，位置太低，幾乎已經快到胸口，但切羅基還是緊咬不放。白牙猛然跳了起來，發瘋似地全場狂奔，想要擺脫鬥牛犬的身體。這纏人拖累的重量讓白牙暴怒不已，不但束縛了他的行動，還限制了他的自由。彷彿落入了陷阱般，白牙全身上下的本能對此深惡痛絕，發起反抗。這是充滿瘋狂的反抗，一時之間陷入澈底的癲狂。體內最根本的生命本能接管了一切，求生的意志淹沒了他。肉體對於生命的純粹熱愛主宰了白牙，讓他失去理智，將一切拋到腦後。肉體對於存在與活動的盲目渴望取代了理性，不計一切代價也要不斷動下去，因為此舉就是他存在的表現。

白牙跑了一圈又一圈，不停旋轉、轉向和折返，試圖甩掉這懸在脖子上的五十五磅重量。至於鬥牛犬則幾乎什麼都沒做，就只是繼續緊咬不放。他有時候好不容易設法讓自己四腳著地，撐住身體來抗衡白牙的力量，但下一秒就失去平衡，被白牙拖著瘋狂原地打轉。切羅基的直覺告訴他，繼續堅持下去是對的，這給他帶來某種幸福的滿足感。當下他甚至閉上了眼睛，任由自己的身體被拋來拋去，全然不顧因此可能受到的任何傷害。這一切都不重要，重要的是要咬住，絕對不能鬆口。

白牙跑到筋疲力竭才停了下來。他無計可施、毫無頭緒，在過去的所有打鬥中都沒經歷過這種事，他交手過的狗沒有採取過這樣的戰鬥方式。面對他們只需要猛咬、撕扯、逃開，然後再猛咬、撕扯、逃開。白牙側身躺在地上，氣喘吁吁。切羅基依然沒有鬆口，奮力與白牙對抗，想讓他澈底倒下。白牙拚命抵抗，他可以感受到咬著自己的上下顎藉著輕微放開再收緊的咬合動作，不斷移動位置，越來越往他的喉嚨靠近。鬥牛犬的想法是，保持現在的狀態，只要一有機會就再往前咬一點。當白牙安靜下來，就是他的機會，只要白牙一掙扎，切羅基就維持現狀緊緊咬著。

白牙的牙齒唯一觸得到的地方，就是切羅基隆起的後頸。他咬住切羅基脖子和肩膀的交界處，但不懂得用咬合來作戰，而他的上下顎也不適合這種戰法。白牙斷斷續續地撕咬拉扯，想要爭取更多空間。突然，他們之間的位置發生了變化，分散了他的注意力。鬥牛犬成功讓白牙四腳朝天，進而壓在他身上，持續緊咬著喉嚨。白牙像貓一樣弓起下半身，後腿朝敵人的腹部踢過去，用爪子撕裂出許多道長長的傷口。如果切羅基沒有迅速以緊咬的地方為軸心，將身體轉了九十度離開白牙的身上，他可能已經被開膛剖腹。

白牙無法從切羅基的緊咬中掙脫，就像是無情的命運一樣，沿著頸動脈漸漸往上移。白牙之所以能免於一死，全靠脖子上鬆垮的皮膚和覆蓋在上面的厚實毛皮，這團肉塞住了切羅基的嘴，幾乎抵擋住了他的牙齒。但只要機會一來，切羅基就一口一口把更多鬆垮的毛皮咬進嘴裡，慢慢扼住白牙的咽喉。隨著時間過去，白牙越來越難呼吸。

至此，這場戰鬥看似已經分出勝負。切羅基的支持者興高采烈，紛紛開出荒謬的賠率。白牙的支持者相對地神情沮喪，拒絕接受一賠十、一賠二十的條件，但只有一個極為魯莽的人接下了一賠五十的賭注，那人就是美男子史密斯。他站進了決鬥場，用手指了指白牙，接著開始對他輕蔑嘲諷地大笑。果然這招收到了史密斯想要的效果，白牙勃然大怒，擠出體內剩餘的力量站了起來。然而，當白牙在場內繞圈掙扎的同時，對手五十磅重的身軀依然掛在他的喉嚨上，讓他的憤怒變成了恐慌。他根本的生命本能再度主導一切，理智在身體強烈的求生意志面前敗下陣來。白牙跌跌撞撞繞了一圈又一圈，不斷跌倒又再站起來，甚至時不時靠著後腿抬起上半身，把他的對手舉到空中，拚命想擺脫死亡的糾纏。

最後，他氣力用盡往後仰倒，摔倒在地。鬥牛犬迅速改變咬住的位置，咬得更深，撕裂更多覆蓋毛皮的血肉，讓白牙更加難以呼吸。這時現場接連響起了勝利的歡呼：「切羅基！」「切羅基！」而切羅基則是用力搖了搖他的半截尾巴作為回應。但這些歡呼聲都沒有分散他的注意力。他的尾巴跟結實的上下顎之間沒有任何共鳴。儘管尾巴在搖，上下顎仍舊狠狠地咬住白牙的喉嚨。

這時，一陣鈴鐺聲傳來，吸引了觀眾的注意力。接著是一陣趕著雪橇犬的吆喝聲。除了美男子史密斯，人人神情緊張地張望，擔心是警察找上門來。結果，他們看到的是兩名駕著雪橇和狗群的男子，正打算沿著小徑往鎮上去，而不是朝著自己的方向過來。這兩個人顯然是要到小溪去執行某些探勘任務的，因為看見了圍觀的群眾才讓狗兒停下來，滿臉好奇地加入人群，想要一探這場熱鬧的源頭。負責趕狗的那個人留著八字鬍，另一個身材較高的年輕人則剃得很乾淨，他們因為在寒冷的天氣中奔馳，再加上血液加速循環，皮膚因而變得通紅。

白牙實際上已經放棄了掙扎，只有偶爾做出一些無謂的抵抗。他只能呼吸到些微的空氣，隨著無情的大嘴越咬越緊，他能吸到的空氣就越來越少。要不是鬥牛犬第一口的位置咬得太低，幾乎咬在胸口上，就算白牙身披一副毛皮的鎧甲，頸動脈也早就被咬穿了。這花了切羅基不少時間去挪動牙齒，也讓他的嘴巴塞入了更多的毛皮和皮膚皺褶。

與此同時，深深潛藏在美男子史密斯體內的獸性直衝腦門，奪去了他僅存的神志。當他看到白牙的眼神逐漸呆滯，就明白這場打鬥已經輸了。接著，他突然發難跳向白牙，用腳狠狠地踹。周圍的人群發出陣陣噓聲和抗議，但也僅止於此。正當美男子史密斯不斷猛踢白牙，人群裡傳來一陣騷動。那個高個子年輕人毫不客氣地用肩膀撞開兩旁的觀眾，強行擠出一條路來到了場上，這時美男子史密斯正準備踢出另一腳。史密斯全身的重量都壓在單腳上，身體處在不平衡的狀態。這時，新來的年輕人一拳狠狠地揍在他臉上。史密斯維持單腳站立的姿勢，整個人看似被揍到空中，向後翻倒，重重摔到雪地上。接著，年輕人轉過身來面向群眾。

「你們這些懦夫！」他吼道：「你們這群畜牲！」

他怒火中燒，但沒有被怒氣沖昏了頭。他的雙眼掃過人群的時候，似乎散發出鐵灰色的金屬光澤。美男子史密斯爬了起來，抽著鼻子、畏畏縮縮地來到年輕人的跟前。這個新來的人還搞不清楚狀況，不知道對方是個多麼卑劣的懦夫，還以為他是要走回來打架的。於是大喊一聲「你這個畜牲！」之後，再度一拳朝他的臉揍過去，把美男子史密斯打倒。史密斯覺得雪裡是最安全的地方，於是就這樣躺在他倒下的位置，放棄爬起來的念頭。

「麥特，快過來幫我一把，」年輕人朝著跟他一起走到場內的趕狗人喊道。

兩人俯身蹲在狗的旁邊。麥特抓住白牙，準備切羅基的嘴巴一鬆開，就把他拉出來。年輕人緊抓鬥牛犬的上下顎，然後用力扳開，但徒勞無功。他又拉又扯又扭，邊喘著氣邊喊道：「畜牲！」

人群變得躁動不安，有些人抗議這麼做破壞了這場比賽。但當年輕人停下手邊的動作，抬起頭來怒氣沖沖瞪著他們的時候，就全都閉上了嘴巴。

「你們這群該死的畜牲！」他最後罵道，然後繼續手上的動作。

「這麼做沒有用的，史考特先生。這樣根本分不開。」麥特最後說道。

兩人暫時停了下來，打量著糾纏在一起的兩隻狗。

「血流得不多，」麥特宣告，「還沒有完全咬進去。」

「但他隨時都有可能咬進去，」史考特回答，「嘿，你看到了嗎？他把牙齒往前挪了一點。」

年輕人越來越激動，也越來越擔心白牙。他一次又一次猛力痛擊切羅基的頭部，但依然沒辦法讓他鬆開嘴巴。切羅基搖了搖半截尾巴，示意自己明白這些重擊的意思，但他相信自己是對的，只是盡忠職守咬住對手。

「你們誰可以來幫個忙嗎？」史考特拚命朝人群大喊。

沒人伸出援手。反之，群眾開始喝倒采，並向他提出各種荒謬可笑的建議。

「你最好找個撬棍。」麥特建議。

年輕人於是摸向掛在腰間的槍套，拔出他的左輪手槍，想要插進鬥牛犬的上下顎之間。他使勁用力推，力量大到能清楚聽到鋼鐵和緊咬的牙齒之間摩擦發出的刺耳聲響。兩人陷入了困境，蹲伏在狗兒旁邊。提姆．齊南大步邁進場中，停在史考特旁邊，拍了拍他的肩膀，然後語帶威脅地說道：「別弄壞他的牙齒，陌生人。」

「那麼我就弄斷他的脖子。」史考特反駁道，然後繼續把他的左輪手槍槍管塞進牙齒之間。

「我說別弄壞他的牙齒！」這位發牌員以更凶狠的口氣重複道。

就算他想虛張聲勢，卻也沒收到任何效果。史考特未曾中斷手上的動作，只是眼神冷酷地看著他問道：「你的狗？」

發牌員咕噥了一聲。

「是的話就過來扳開他的嘴。」

「聽好了，陌生人，」對方令人惱怒地拉長語調說，「我是不介意告訴你，我自己也沒轍。這我可不知道該怎麼辦。」

「那就滾到一邊去，」史考特說，「別來煩我。我很忙。」

提姆・齊南依然站在一旁，但史考特不再把注意力放在他身上。他想方設法將槍管從嘴巴的一頭塞進去，再從另一頭穿出來。當他成功之後，便小心翼翼一次一點地慢慢撐開嘴巴。至於麥特則是一次一點地把白牙被咬爛的脖子解救出來。

「準備好拉開你的狗。」史考特不容置疑地命令切羅基的主人。

這位發牌員順從地蹲下去，牢牢抓住了切羅基。

「就是現在！」史考特大聲提醒，然後使勁撬了最後一下。

兩隻狗被各自拉開，鬥牛犬還活力充沛地在掙扎。

「把他帶走。」史考特下令。於是提姆・齊南就將切羅基拖回了人群裡。

白牙努力了幾次想起身卻徒勞無功。有一次，他站了起來，四肢卻無力難支，又緩緩倒下，陷入雪裡。他半閉雙眼、眼神呆滯，嘴巴無法合攏，舌頭無力地掛在嘴邊。這副模樣讓他看上去就像隻被人勒死的狗。麥特開始檢查白牙的狀況。

「差點就要沒命了，」麥特說，「但至少還能呼吸。」

美男子史密斯起身走了過來，盯著白牙看。

「麥特，一隻上好的雪橇犬要價多少？」史考特問。

麥特維持著跪在地上俯身看著白牙的姿勢，計算了一會兒之後回答：「三百塊。」

史考特用腳輕推了一下白牙，問道：「像這樣一隻全身上下被咬爛的值多少？」

「半價左右。」這是麥特給出的答案。

史考特轉身面向美男子史密斯。

「聽到沒有，畜牲先生？我要帶走你的狗，我會為此付你一百五十塊錢。」

他打開手提包，數了數鈔票。

美男子史密斯將手放在身後，拒絕接受塞給他的那筆錢。

「我才不賣吶。」他說。

「喔，你一定得賣，」史考特向他保證，「因為我就是要買。這是你的錢，這狗是我的了。」

美男子史密斯依然將手擺在身後，並且往後退去。

史考特跳到他的前方，舉起拳頭作勢要打他。美男子史密斯在這一拳面前畏縮了。

「我有我的權利。」他嗚咽說道。

「你已經喪失了擁有這條狗的權利。」史考特反駁：「你是要收下這筆錢，還是要我再揍你一頓？」

「好啦，」美男子史密斯滿懷恐懼地提高聲量說，「但我可不是心甘情願收下這筆錢的。這條狗是棵搖錢樹，我實在不想被人搶走。這是屬於個人的權利。」

「對，」史考特回答，並將錢交給他，「這是個人的權利，但你不是個人，你是畜牲！」

「等我回到道森你就知道了，」美男子史密斯威脅道，「我要拿法律告你。」

「如果你回到道森敢開口，我就把你從鎮上趕出去。聽懂了嗎？」

美男子史密斯哼了一聲，作為回答。

「聽懂了嗎？」史考特突然惡狠狠地厲聲問道。

「好。」美男子史密斯畏畏縮縮地嘟噥道。

「好什麼？」

「好的，先生。」美男子史密斯像條狗似地怒吼。

「小心！他要咬人了！」有人喊道，換來眾人的哄堂大笑。

史考特轉身背對他，回去協助正在照顧白牙的麥特。

有些觀眾已經做鳥獸散，留下來的人三五成群在一旁觀望聊天。提姆．齊南加入了其中一群人。

「那蠢蛋是誰？」他問道。

「威登．史考特。」其中一人回答。

「這該死的威登．史考特又是哪位？」這個發牌員繼續追問。

「喔，他是技術高超的採礦專家，跟那些大人物都有交情。如果你不想麻煩上身，我建議你最好離他遠一點。他跟那些官員都很好，管金礦的長官是他特別要好的朋友。」

「我就覺得他的來頭肯定不小，」齊南表示，「這就是為什麼我一開始就不想招惹他。」

絕境重生

「無計可施了。」威登．史考特承認。

他坐在小屋的台階上，注視著趕狗人，後者也聳了聳肩，表達相同的絕望。

他們一同看向把拴在身上的鐵鍊扯得筆直的白牙，他豎起體毛、放聲吠叫，模樣凶狠，使勁想要逮到雪橇犬。即使雪橇犬經過麥特各種（透過棍棒的）諄諄教誨，已經明白不要去招惹白牙，甚至躺在一定距離之外，很明顯地忽視白牙的存在。

「他就是匹狼，馴服不了。」威登．史考特宣布。

「喔，我可不這麼認為，」麥特表示反對，「你能看得出來，他或許有許多狗的特質。不過，只有一件事我敢肯定，而且絕對錯不了。」

麥特說到這裡停了下來，神祕兮兮地對著穆斯海德山（Moosehide Mountain）的方向點了點頭。

「喔，別賣關子了，」史考特等了一段時間後尖銳地說道：「說吧！究竟什麼事？」

麥特用大拇指向後指了指白牙。

「不管他是狼還是狗都一樣，他已經被人馴服過了。」

「不可能！」

「我告訴你，他有，還拉過雪橇。仔細看看這裡，你有看到在他胸口留下的痕跡嗎？」

「你是對的，麥特。在落入美男子史密斯手中之前，他是隻雪橇犬。」

「所以，沒有什麼理由不能再讓他成為雪橇犬。」

「你有辦法嗎？」史考特著急地問道，但心中滿懷的希望又逐漸退去，於是搖了搖頭補上一句，「我們現在養了他兩個星期，非要我說的話，反而變得比之前更加不受控制。」

「給他一個機會，」麥特勸說，「讓他自由行動一陣子。」

史考特用詫異的眼神看著他。

「對，」麥特繼續說道，「我知道你試過了，但你那時候手上沒拿著棍子。」

「那麼，你來試試看。」

趕狗人拿著一根棍子，走向那隻被鐵鍊鎖著的動物。白牙看向棍子的方式，與獸籠裡的獅子盯著訓練師手中的皮鞭如出一轍。

「你看他在提防著這根棍子。」麥特說道，「這是個好兆頭。他並不笨，只要我手上拿著棍子，他就不敢衝上來撲倒我。毫無疑問，他並不是澈底的瘋子。」

當麥特的手靠近他的脖子，白牙豎起毛髮、低聲咆嘯，同時匍匐下來。他的眼睛緊盯著逐漸逼近的手，同時也留意著另外一隻手中握著的棍子，因為那正作勢威脅地懸在他的上方。麥特解開了他項圈上的鐵鍊，接著向後退開了一步。

白牙幾乎不敢相信自己自由了。從他落入美男子史密斯的手裡已經過了好幾個月，除了放他去和其他狗打鬥之外，沒有享受過片刻的自由。在他打贏之後，總是立刻被關了回去。

他不知道怎麼看待現在的狀況，或許是某種神想要施加在他身上的全新暴行。他小心翼翼地慢步前進，提防隨時可能遭到的攻擊。面對這前所未見的情況，他實在不知道如何是好。為了保險起見，他避開了那兩個正在監視他的神，謹慎地走到了小屋的牆角。然後，什麼事都沒發生。他顯然陷入了困惑，於是又走了回來，停在距離兩人十二英尺遠的地方，全神貫注地打量他們。

「他會不會跑掉？」他的新主人問道。

麥特聳了聳肩。「可以賭賭看。想知道結果就只有試了才知道。」

「可憐的傢伙，」史考特語帶同情地低聲說道，接著又補了一句，「他需要的只是人類釋出點善意。」接著轉身走進了小屋。

史考特走出來的時候帶著一塊肉，然後把肉扔給了白牙。白牙跳著躲開，待在遠處滿腹狐疑地觀察著那塊肉。

「嘿，少校！」麥特大聲警告，但已經太遲了。

少校已經跳向了那塊肉，就在嘴巴咬住肉的那個瞬間，白牙出手了，並將少校撞倒在地。麥特衝上前去，但白牙的動作比他更快。少校跌跌撞撞地站了起來，但從喉嚨噴出的鮮血已將雪地染紅一片。

「實在太慘了，不過這是他自找的。」史考特倉促地說。

然而，麥特已經伸出腳踢向了白牙。緊接著就是一個跳躍、一排飛快掠過的牙齒和一聲尖銳的驚呼。白牙凶狠地低吼，迅速向後退了好幾碼，而麥特這時則在彎腰檢查自己的腿。

「他澈底逮到我了。」麥特說，並指向被撕破的褲子和內襯，還有逐漸暈開的血跡。

「我早就告訴過你已經無計可施了，麥特。」史考特說話的語氣滿是沮喪。「我陸陸續續想過，但實在不願意這麼想，我們是時候做出決定了。這就是唯一能做的事。」

話一說完，史考特不情不願地掏出他的左輪手槍，打開了彈巢，確認裡面的子彈。

「聽著，史考特先生。」麥特出言反對：「那隻狗才從剛地獄走過一遭。你不能期待出來的是個純白閃耀的天使。給我點時間。」

「去看看少校。」史考特回答。

趕狗人去檢查了那隻遭受重創的狗。他倒在雪地的血泊裡，顯然只剩下最後一口氣。

「他活該。你自己也是這樣說的，史考特先生。他想要搶白牙的肉，結果丟了性命，這完全可以意料。一隻無法捍衛自己的肉的狗，我連理都不想理。」

「但看看你自己，麥特。如果是狗也就算了，我們總該有個底線。」

「我也是自找的！」麥特頑固地辯解，「我踢他是為了什麼？你自己都說他做得沒錯，那麼我就沒有任何理由踢他了。」

「要殺他也是出於仁慈。」史考特堅持，「馴服不了他的。」

「你現在聽好了，史考特先生。給這個可憐的傢伙一個機會吧！他沒得到過任何機會。他才剛脫離地獄，而且這是他第一次被放開。給他一次公平的機會，如果他辜負所望，我會親手解決他。」

「天才知道，我可不想殺他，也不想讓別人殺他。」史考特回答，放下了左輪手槍，「我們讓他自由行動，看看能為他做些什麼，就來試試看吧！」

於是，史考特朝著白牙走去，用輕柔安撫的語氣對他說話。

「你最好帶上一根棍子。」麥特警告。

史考特搖了搖頭，繼續試著獲得白牙的信任。

白牙內心多疑，覺得將要發生什麼事了。他咬死了這個神的狗，還咬傷了這個神的同伴，等著他的不就只剩下某種可怕的懲罰了嗎？不過就算如此，他也不會屈服。他豎起毛髮、露出牙齒、眼神戒備，全身都準備好要面對任何狀況了。這個神手上沒有棍子，白牙可以忍受這個神走到離自己非常近的地方。神的手伸了出來，並且越來越靠近自己的頭。白牙縮成一團，神情緊張地匍匐在那隻手的下方。這肯定有危險，是某種背叛或諸如此類的事。他知道這些神的手代表著支配，多麼善於傷害。此外，他從以前就討厭被人觸碰。他發出更具威脅的低吼，身體也蹲伏得更低，但那隻手依然沒有停下來。他不想去咬那隻手，一直忍耐其散發的危險，直到本能湧上心頭，對生命無止境的渴望主宰了他。威登．史考特原本相信自己的速度夠快，能躲掉任何撕咬的攻擊，但這是因為還沒領教過白牙驚人的敏捷程度，他就像一條捲起身軀的蛇，行動起來又快又準。

史考特驚聲尖叫，緊緊握住自己慘遭撕裂的那隻手。麥特則大罵一聲，衝到他的身旁。白牙匍匐退後，齜牙裂嘴、豎起毛髮，雙眼流露出惡狠狠的威脅氣息。他可以想見接下來就是一頓恐怖駭人的毒打，就像過去美男子史密斯所做的那樣。

「嘿！你要做什麼？」史考特突然大喊。

麥特衝進了小屋，然後拿出了一把來福槍。

「沒什麼，」他故作從容冷靜，緩慢地開口，「只是遵守我的諾言。我說到做到，所以我認為自己有責任殺了他。」

「不，你沒必要！」

「我有。看好了。」

如同麥特在自己被咬的時候為白牙求情，現在輪到威登．史考特了。

「你說過要給他一次機會，那麼就該給他。我們不過才剛起頭，不能在一開始就放棄。這次是我活該，而且——看看他！」

白牙退到了小屋的牆角，離兩人有四十英尺遠，正用令人毛骨悚然的凶狠氣勢吠叫著，不過對象不是史考特，而是趕狗人。

「喂，這絕對是在騙我吧！」趕狗人表達出滿滿的震驚。

「看看他有多聰明。」史考特急忙說下去，「他跟你一樣知道槍代表什麼意思。他有腦袋，我們應該給這聰明的腦袋一個機會。把槍放下。」

「好吧，我照辦就是。」麥特同意，把手上的槍斜靠在柴堆上。

「你有看到嗎？」他下一秒就驚呼道。

白牙已經安靜下來並且停止吠叫。

「這很值得研究研究，看好！」

麥特伸手想要去拿來福槍，而白牙在同一瞬間便開始嚎叫。麥特一從來福槍旁邊走開，白牙就闔起張開的嘴巴，收起牙齒。

「這次，就只是為了好玩。」

麥特拿起了來福槍，並慢慢把槍舉到肩膀的高度。白牙隨著這個動作又開始咆嘯，並且當槍越舉越高，他的叫聲也越來越凶狠。就在來福槍指向他的前一個瞬間，他就跳到一旁，躲到小屋的牆角後。麥特站著不動，盯著眼前原本白牙占據的那隅空蕩蕩雪地。

趕狗人慎重地放下了槍，然後轉過身來看向他的雇主。

「我同意你說的話，史考特先生。這隻狗聰明到我們不該殺了他。」

揮別過往與仇恨

白牙看到威登・史考特朝他靠近，便豎起毛髮、低聲咆嘯，表現出自己不會屈服於懲罰的姿態。從他咬傷史考特的手已經過了二十四小時，那隻手現在已經包紮好了，並且用懸帶吊著來防止充血。白牙從前也經歷過延後執行的處罰，因此他認為那樣的處罰就快要落到自己身上了。難道還有其他的可能嗎？他自認犯下了褻瀆的行為，以獠牙咬進了一位神的神聖肉體，甚至還咬了另一位更崇高的白皮膚神明。按照萬物的常理和與神交流的經驗，一定有什麼可怕的事在等著他。

神在幾英尺遠的地方坐了下來，白牙沒看到什麼危險的跡象。神總是站著執行懲罰，而且這個神竟然沒有拿著木棒、皮鞭或是槍。更何況他自己現在是自由的，沒有鐵鍊或木棍的束縛。只要神一移動雙腿，他可以逃往安全的地方，那就暫且靜觀其變。

神依然安靜不動；白牙的咆嘯聲則慢慢減弱，變成低迴在喉嚨裡的悶嚎，接著便止住了聲音。下一秒，神開口說話了，一聽到第一個音節，白牙脖子上的鬃毛便豎起，喉嚨裡衝出了低吼。然而，神並未做出任何具有敵意的動作，繼續平靜地說著話。一時之間，白牙的吼叫伴隨著神的說話聲，形成了帶有節奏的齊唱。但神依然漫無止境地講下去，帶著一種白牙從未聽過的語氣對著他說話。這個神講起話來輕柔平靜又帶點溫和，不知是什麼緣故，竟然打動了白牙。儘管內心深處以及本能，不斷發出的種種警告，白牙還是開始對這位神產生了信任。他有了一種過去與人類接觸的經驗未曾體會過的安全感。

過了很長一段時間，神起身走進了小屋。當神走出來，白牙滿心擔憂地觀察著，但神既沒有拿著皮鞭、棍棒或是任何武器，只是將沒有受傷的手放在背後並藏著某樣東西。神坐回先前距離有幾英尺遠的同一位置，接著拿出一小塊肉來。白牙豎起耳朵，狐疑地觀察眼前的狀況，試圖同時盯著神明和那塊肉，並警戒著任何明顯的舉動。同時，他繃緊全身做好準備，只要一發現敵意就立刻跳走。

懲罰依舊沒有執行，神只是把肉拿到了他的鼻子前面。那塊肉似乎沒有任何不對勁的地方。但白牙依然抱持著懷疑，就算神不斷用短促的邀請手勢把肉推向自己，他還是拒絕去碰那塊肉。神都聰明絕頂，誰也不敢保證這塊看似無害的肉，背後藏著什麼狡猾的陰謀詭計。根據以往的經驗，特別是與印第安女人相處的經驗，肉與懲罰常常不祥地聯繫在一起。

最後，神將肉丟向了白牙腳邊的雪地。白牙小心翼翼地嗅一嗅，但並沒有盯著肉看。在他嗅聞的同時，眼睛還是注意著神的一舉一動。什麼事都沒發生。他用嘴咬起了肉，然後吞了下去。依然沒任何事發生。神又給了他一塊肉。他仍然拒絕從神手中接過肉來，於是肉又被拋了過來。就這樣重複了許多次，直到後來神拒絕再拋出肉，堅持要拿在手裡把肉餵給白牙。

這肉是很好的肉，而且白牙也餓了。他帶著無盡的謹慎，一點一點朝那隻手靠近。最後，他決定直接從那手上吃掉那塊肉。他目不轉睛盯著神，向前伸直腦袋，耳朵向後貼平，頸部的毛髮不由自主地高高豎起。同時，他的喉嚨裡迴盪著低沉的嚎叫，警告對方自己可不是好惹的。他吃了肉，沒發生任何事。他一塊接著一塊把所有肉吃光，依然沒事，遲遲沒有遭受任何懲罰。

他舔了舔嘴，然後開始等待。神繼續說著話，語氣帶著善意，這是白牙從未體驗過的。同時，他的心中也升起了一股前所未有的感受。他感受到莫名的心滿意足，彷佛某種需求被滿足、某種在他生命中的空虛被填滿。這時候，他體內本能的刺激和過往經驗的警告再次浮現。神都非常狡猾，眾神會用各種猜不透的手段來達到自己的目的。

啊！神顯然也是這麼想的。此時有事發生了，神善於帶來傷害的手，朝著他伸了出來，落在他的頭上。但神依然在說著話，且聲音聽起來柔和平穩。相對於來勢洶洶的手，那聲音激起了白牙的信賴。同樣地，相對於讓人安心的聲音，那隻手則引起了不信任感。這種矛盾、衝突的情感和衝動拉扯著白牙，似乎要將他四分五裂。他的控制力瀕臨極限，靠著一陣罕有的猶豫，白牙將這兩股在體內爭奪主導權的相反力量團結起來。

最後，白牙妥協了。他低聲怒吼、立起毛髮並壓平耳朵，但沒有張口猛咬或是跳開。手慢慢往下降，越靠越近，碰到了聳立起的毛髮末梢。白牙在手的觸摸下縮得更低，而手也跟著往下，並且更緊貼地按壓在他身上。白牙縮成一團，近乎瑟瑟發抖，依然努力把持住自己。對這隻手觸碰到他，並侵犯著他的本能，這是種折磨。他天天都忘不了人類的雙手施加在身上的所有惡行。但那就是神的意志，他只能盡力忍受。

這隻手以一種輕拍撫摸的動作反覆抬起放下。動作不斷持續著，每次手一抬起來，白牙的毛髮就豎起來。每次手放下來，他的耳朵就又貼平，並且從喉嚨中湧出一陣像在洞穴裡迴盪般的低吼聲。白牙一次又一次以嚎叫來不斷警告，藉此表示自己準備好一旦受到傷害就會立刻報復。沒辦法預料這位神居心叵測的意圖什麼時候會揭曉，那輕柔、讓人信賴的聲音隨時都有可能變成憤怒的狂吼，至於那溫柔輕拍的手也會像鉗子般緊緊掐住他，並施以懲罰。

不過，神繼續輕柔地說著話，手也始終不帶敵意地抬起落下。白牙體會到了雙重的感受，一方面，這讓他本能地感到厭惡，帶來束縛，並違反了他追求個體自由的意志，儘管並未帶來肉體上的疼痛；另一方面，卻也給他帶來了愉悅。神的手緩慢又謹慎地從撫摸的動作，換成去搔弄他的耳根，他的身體感受到的愉快又增強了一些。但他持續保持著恐懼，並警戒隨時會發生的惡行。每當其中一種感受占了上風影響著他，他便會輪番感受到痛苦與愉悅。

「喔，真是不敢相信！」

麥特這麼說道，同時正走出小屋，挽著袖子，手上拿著一鍋洗完碗的髒水，準備把裡頭的水倒掉，就撞見威登．史考特在輕拍著白牙。

麥特的話打破沉默的瞬間，白牙就向後跳開，凶狠地朝他怒吼。

麥特一副不以為然地看向他的雇主。

「史考特先生，如果你不介意我表達自己的看法，容我暢所欲言。你展現了一個天大的傻瓜會有的十七種樣子，各個不同且都相當傻氣。」

威登．史考特帶著一抹優越的微笑站起身來，走向了白牙。先是撫慰地對著白牙說話，沒過多久便慢慢伸出手，放在他的頭上，繼續剛才遭到中斷的拍打。白牙忍耐著，猜疑的眼神緊盯著的不是正在撫摸自己的人，而是站在門口的那個人。

「你或許是第一名、頂尖的採礦專家，沒錯、沒錯，」這個趕狗人煞有其事地說，「不過你小時候可是錯失了生命中的良機，怎麼沒有去加入馬戲團。」

一聽到他的聲音，白牙再次咆嘯起來，但這次沒有從正在輕撫著他的頭與後頸的手中逃開。

對於白牙來說，這是結束，也是開始，揮別了過往的生活與仇恨的奴役。一種全新且美好到不可思議的生活即將展開，而這還有待威登．史考特花費大量心思和無盡的耐心來實現。至於白牙，唯一需要的是來場翻天覆地的革命，他必須忽視源自本能和理智的衝動與慫恿，違抗過往的經驗，證明生命本身就是一種謊言。

白牙所理解的生命，不僅沒有多少含括他現在所做之事，而且所有趨向都與他如今放任自己所做的南轅北轍。簡言之，考慮到所有情況，他所要適應的，比當初自願離開荒野，認定灰鬍子為主人那時，還要來得更加浩大。那時候的他不過是隻小狗，剛形成的性格還很柔軟、尚未定型，有待環境的雙手來塑造。但現在的情況截然不同。環境的巨掌把他塑造得太成功了，讓白牙定型成一隻凶猛無情、冷漠討人厭的戰狼。要成就這樣的改變，有如對於自身的違抗，因為他年輕時的可塑性已不復存在。他的性格堅硬多節，他的本質已由殘酷不屈、堅定不移的質地織成，他的精神面貌更是鐵石心腸，並且所有的本能和原則都固化為成套的規則、謹慎、厭惡和欲望。

在這次嶄新的適應經歷裡，再次由環境的雙手來按壓揑塑白牙，軟化那已經變得堅硬之處，將之重塑成更為美好的模樣。事實上，這次的雙手就是威登・史考特。他已經深入到白牙的天性根源，靠著善良仁慈來觸動那萎靡不振、消磨殆盡的生命潛力。這種生命潛力其中之一就是「愛」，它取代了「喜歡」，而喜歡是近來與神互動的過程中讓他最為激動不已的情感。

然而，這樣的愛並非一蹴可幾，而是源自於喜歡，再慢慢發展而來。儘管白牙被容許解開鐵鍊，但他並沒有逃走，因為他喜歡這位新的神。這裡的生活當然比過去住在美男子史密斯的牢籠裡要好得多，而且有個神的存在對他來說是不可或缺的。白牙的天性中，人類的主宰是必需的。早在白牙背離荒野、匍匐到灰鬍子腳邊、受到預料之中的毆打時，這種依賴人類的烙印就已經刻在他的身上了。當漫長的飢荒結束，灰鬍子的村莊又有魚可吃，他第二次從荒野中歸來的時候，這樣的烙印又再度刻在他的身上，而且根深柢固。

由於白牙需要一個神，而且比起美男子史密斯，他更喜歡威登．史考特，因此便留了下來。為了展現自己的忠誠，他主動肩負起保護主人財產的職責。雪橇犬睡著了以後，他就在小屋四周巡邏，第一個在夜晚來拜訪小屋的訪客，不得不用棍棒擊退白牙，直到威登．史考特來解圍。不過，白牙很快就學會區分竊賊和正經的人，判斷腳步和姿態中的真正意義。如果是個大步流星、筆直走向小屋大門的人，他便會放人過去，不過依然保持警戒，直到大門打開，獲得主人的認可為止。假如是個走起路來悄然無聲、迂迴前進、鬼祟窺視、探詢祕密的人，就會受到白牙毫不猶豫的制裁，然後狼狽不堪、驚惶失措地逃之夭夭。

威登．史考特為自己定下了救贖白牙的任務，或者更確切地說，是要從白牙所遭受的錯誤對待中來救贖人類。這是一個關於道德原則和良心的問題。他認為施加在白牙身上的傷害是人類欠下的債，而且必須償還。因此，他用自己的方式格外善待這隻戰狼，每天都堅持要花一段時間去寵愛和撫摸白牙。

儘管最初帶著懷疑和敵意，白牙漸漸喜歡上了這樣的撫摸。但有件事他永遠擺脫不了——他的低吼。一旦開始撫摸，直到停下來為止，他都會一直吼著。不過，這種吼聲不同於以往，帶著一種新的音調。陌生人無法分辨出這種音調，對他們來說白牙的低吼就是原始野蠻的表現，令人心驚膽跳、毛骨悚然。自從白牙幼狼時期在巢穴裡發出第一聲小小的刺耳怒吼，他的喉嚨長年以來製造出各種凶狠的聲音，如今已經變得粗硬不堪，無法再用溫和的嗓音去表達自己感受到的溫柔。儘管如此，威登・史考特的耳朵和感受力非常敏銳，能捕捉到淹沒在凶狠嗓音之下的新音色。那是一聲微弱到只有他才聽得到的滿足低吟。

隨著日子一天一天流逝，「喜歡」加速朝著「愛」來進化。白牙漸漸察覺到這種變化，但在他的意識裡並不曉得什麼是愛。愛在他身上的表現形式就像是種生命中的空虛，一種飢渴難耐、隱隱作痛、思慕嚮往，並且渴望被填滿的空虛。那是一種痛苦、一種不安，只有在這位新的神出現時才能獲得緩解。在這些時候，愛對他來說是種喜悅，一種狂放不羈、興奮不已的滿足。然而，一離開他的神，痛苦不安就會再度回歸，內心的空虛感頓時湧現，澈底壓垮了他，飢渴則不斷、不斷地啃蝕著他。

白牙正處在尋找自我的過程。即使他的年齡已經成熟，形塑出他非常凶猛頑固的性格，但他的本性正在經歷一次擴張。他的內在湧現了許多陌生的情感和非比尋常的衝動，舊有的行為規範正在改變。過去，他喜歡舒適和消止痛楚，討厭難受和苦痛，並且據此來調整自己的行為。如今一切都不同了，因為體內這種嶄新的感覺，讓他常常為了自己的神而選擇難受和痛苦。因此，一大清早，他不再四處遊蕩覓食，或是躲在隱蔽的角落，而是願意花上好幾個小時等在陰暗的小屋門廊前，只為了見上神一面。到了晚上，神回到家之後，白牙會離開自己在雪地裡挖出的溫暖睡窩，想要聽見那友善的彈指聲和問候的話語。甚至為了陪伴在神的身邊、得到來自神的寵愛，或是跟著神一起前往小鎮，白牙連肉都可以放棄。

「愛」已經取代了「喜歡」。愛就像鉛墜一樣沉入了喜歡不曾到過的內心深處。作為回應，白牙的內心深處產生了新的東西——愛。白牙將以給予來作為回報。這是位真正的神，一位愛神，一位洋溢溫暖、光芒四射的神，在這光芒的照耀之下，白牙的本性就像陽光底下的花朵一樣盛開。

不過，白牙無法表露出情感，他年紀太大，已經牢牢定型，很難以新的方式來表達自己。他太過矜持、太過強烈地沉浸在自己的孤寂裡，長久以來已經養成了沉默、冷酷無情的個性。打從出生至今，他就不曾汪汪吠叫過一聲，所以現在也學不會在他的神靠近的時候，用這樣的叫聲來表示歡迎。他不會擋在路上，也不會用過於誇張或愚蠢的方式來表現自己的愛。他不會狂奔上前迎接他的神，而是在一段距離之外等著，他也總是會在那個地方等著。他的愛帶有崇拜、沉默、不善表達的本質，是種寂靜的愛慕。白牙僅以堅定不移的眼神表達出自己的愛，目不轉睛地緊盯著他的神的一舉一動。此外，在他的神偶爾看過來，並對著他說話的時候，白牙會流露出一種不自在的尷尬，因為他努力想要表達出自己的愛，但肢體卻無法配合。

白牙學會了從許多方面調整自己以適應新的生活方式。他深知絕對不能去招惹主人的狗。但他領導者的天性使然，一開始就給了他們下馬威，以確立自己的優越和領導權。一旦確立之後，他就沒碰上什麼麻煩。白牙來來去去或走到這群狗中間的時候，他們會讓路給他；當他表明自己的主張，他們也會乖乖照做。

同樣地，他也漸漸能夠容忍麥特——作為他的主人的所有物。主人很少餵他，這是麥特的工作，但白牙猜得出自己吃的是主人的食物，等於是主人間接在餵他。麥特想給他套上挽具，讓他和別的狗一起拉雪橇，但以失敗告終。直到威登．史考特將挽具套在白牙身上，驅使他拉動雪橇，他才明白過來。麥特之所以能夠趕著他去拉雪橇，如同趕著主人其他的狗前進一樣，這都是出於主人的意志。

與麥肯齊的平底雪橇不同，克朗代克的雪橇底下裝有雪板。另外，駕馭狗的方法也有區別，他們的編隊不會呈扇形散開，而是一前一後縱向排列，牽引著兩條繩子來拖曳雪橇。而且在克朗代克，領頭犬是真正的狗群領袖，是最聰明和強壯的，整支隊伍會服從並畏懼他。無可避免地，白牙很快就獲得了這個位置。在經歷過許多不便和麻煩之後，麥特了解到非得如此才能讓白牙滿意。白牙自己挑選了這個位置，而麥特在經過試驗之後也強烈支持他的判斷。不過，白牙即使白天得去拉雪橇，卻也沒有棄守在夜晚保衛主人財產的工作。因此，他日日夜夜都在幹活，時時保持警惕和忠心，是狗群裡最有價值的一隻。

「如果讓我暢所欲言，」麥特某一天說道，「容我說句話，你付了那個價錢買下這隻狗，還真是精明啊！不但把他騙得一乾二淨，還用拳頭狠狠揍到他臉上。」

威登．史考特灰色的雙眼裡再度爆發出憤怒的神色，惡狠狠地低聲罵道：「那個畜牲！」

晚春時分，白牙碰上了一起天大的麻煩。親愛的主人毫無預警地消失了。其實是有些徵兆的，但白牙並不熟悉這樣的事，不了解收拾旅行包的意思是什麼。他事後回想起來，主人在打包完之後就消失了，但他當下並未產生任何懷疑。那天晚上，白牙一直等著主人歸來，直到午夜冷颼颼的寒風才把他趕到小屋背面的遮蔽處。他在那裡半夢半醒打著瞌睡，豎直耳朵等著那熟悉的腳步聲。可是到了清晨兩點，白牙的焦慮驅使他跑到寒冷的前廊，趴在那裡繼續等待。

然而，主人沒有回來。到了早上，麥特打開小屋的門，走了出來。白牙滿臉憂愁地凝望著他，但是他們之間沒有共同的語言，白牙無法從麥特身上得知自己想要了解的事。日子一天一天過去，依舊盼不到主人回來。一生中從來不曉得什麼是生病的白牙病倒了。他病得很嚴重，病到麥特最後不得不讓他進到小屋裡。同時，麥特在寫給雇主的信裡，特地在信末的附記提到了白牙。

威登．史考特在極圈市（Circle City）收到這封信時，讀到了下面這段文字：

「那隻該死的狼不工作、不吃東西，一點精神都沒有。所有的狗都在欺負他。他想知道你去哪裡了，但我不知道該怎麼告訴他。搞不好他就快死了。」

正如麥特所說，白牙失魂落魄，不吃東西，任憑隊伍裡的狗痛扁他。在小屋裡，他就躺在火爐旁邊的地板上，不管對於食物、麥特或是自己的生命都興味索然。無論麥特溫柔地對他說話，或是狠狠罵他，結果都一樣，白牙頂多用那黯淡無光的雙眼看向麥特一眼，然後就把頭趴回前爪的老位置上。

到了某天晚上，正當麥特一個人讀著書、口中喃喃自語，他突然被白牙傳來的低聲嗚咽給嚇了一跳。白牙已經起身，朝著門的方向豎直耳朵，專注地聆聽。不久之後，麥特聽到了一陣腳步聲。門開了，接著威登．史考特走了進來。兩個男人握了握手，接著史考特環顧了整個房間。

「那隻狼在哪裡？」史考特問道。

接著，就看見了白牙，站在他原本躺著靠近火爐的地方。他沒有像其他狗一樣衝上來，就只是站著、看著、等著。

「天吶！」麥特大喊，「你看！他在搖尾巴！」

威登．史考特跨步走過半個房間，朝著白牙走去，同時呼喊著他。白牙也迎上前去，雖然還不到往前一躍的程度，但速度相當快。白牙由於不自在而顯得尷尬，但當他走近時，眼睛裡泛起了一股陌生的神色。某種難以言喻的浩瀚情緒從他的瞳孔中升起，如同光芒般熠熠生輝。

「你離開之後，他從來沒用過這樣的眼神看我。」麥特說道。

威登．史考特沒聽見麥特說的話，只是膝蓋著地，跪著與白牙臉貼著臉，輕輕地拍著他，搓揉他的耳根，順著脖子緩緩摸到肩膀，用指節輕輕敲打背脊。而白牙則是以吼叫作為回應，其中低吟的音調比以往都更加明顯。

不僅如此，他的喜悅，那股潛藏在他內心的偉大的愛，波濤洶湧地努力想要表達自己，於是成功地找到了一種全新的表現方式。白牙突然把頭往前伸，輕輕擠進主人的手臂和身體之間。他的頭埋在主人懷裡，只有耳朵露了出來，然後停止了嚎叫，不斷磨蹭主人的身體。

兩個男人面面相覷。史考特的眼中閃爍著光芒。

「天吶！」麥特帶著肅然起敬的語氣說道。

過了一會兒，他冷靜下來說：「我總是堅持這隻狼是條狗，你看他！」

親愛的主人回來後，白牙很快恢復了健康。他在小屋裡待了一個晚上後又待了一整天，接著便挺身離開小屋。雪橇犬早已忘了他的英勇，只記得他最近病懨懨虛弱不堪的樣子。他們一看到白牙走出小屋，就向他撲了過去。

「讓他們見識見識你的厲害，」麥特興高采烈地喃喃自語，站在門廊上旁觀，「你這狼，教訓他們！狠狠教訓他們！」

白牙不需要鼓勵，只要親愛的主人回來就已經足夠。生命重新在他體內流動，顯得燦爛又勇敢堅定。他是因為純粹的喜悅而戰，發現透過戰鬥能夠表達出他無法用言語形容的許多感受。結局就只有一個，雪橇犬被打得落花流水，直到天黑以後才一個接一個回來，溫順謙卑地向白牙表示服從。

白牙學會依偎著主人以後，常常為此萌生罪惡。這是最終極的形式，他不可能再超越了。他以前總是特別小心保護自己的頭，不喜歡被碰觸。這是內心的野性使然，害怕受傷和被陷阱困住，這種恐懼引發了他本能的慌亂，讓他避免被碰觸。這是他的本能所下達的命令，必須讓頭部不受拘束。但是現在，他把頭依偎在親愛的主人身上，是有意讓自己陷入絕望無助境地的行為。這展現的是完全的信任與絕對的獻身，彷彿在說：「我把自己交到你的手上，聽候你的差遣。」

史考特返家不久後的一天晚上，他和麥特打著克里比奇紙牌（cribbage），接著準備上床睡覺。「十五－二、十五－四、算六點的對子。」麥特正在算分，這時外頭傳來了一聲吶喊和一陣咆嘯。兩人看了看彼此，同時站起身來。

「那隻狼逮到了某個傢伙。」麥特說。

充滿痛苦和恐懼的瘋狂慘叫催促著他們。

史考特衝到外面的同時，大喊：「帶上一盞燈！」

麥特於是拿著燈跟在後頭走了出來，藉著燈光，他們看見一個男人仰躺在雪地上，雙手交疊在臉部和喉嚨前方，努力想要在白牙的利齒下保護自己。這麼做是很有必要的，因為白牙正怒不可遏，惡狠狠地朝著那最脆弱的地方發動攻擊。

那個人從肩膀到交疊的雙臂上，大衣袖子、藍色法蘭絨襯衫及內衣，全都被撕得破破爛爛。至於手臂則被咬到慘不忍睹，鮮血直流。

這是兩人第一眼看到的景象。下一秒，威登．史考特就抱住白牙的脖子，把他往後拖開。白牙不停掙扎低吼，但並沒有想要張口咬人，而他收到主人嚴聲命令後就立刻安靜了下來。

麥特扶起那個男子。當他站起身來、放下交疊的雙臂，露出來的是美男子史密斯禽獸般的臉孔。趕狗人連忙放開了他，彷彿手裡拿著顆燙手山芋。美男子史密斯在燈光下眨了眨雙眼，查看了自己的狀況。接著，他的視線投向白牙的瞬間，臉上驟然浮現了恐懼的神情。

與此同時，麥特注意到了有兩件東西被扔在雪地上，於是拿著提燈湊了上去，機警地指給了他的雇主看，那是一條拴狗的鐵鍊和一根粗大的棍棒。

威登．史考特看了看，點了點頭，然後不發一語。趕狗人把手放到美男子史密斯的肩膀上，要他向後轉身離開。不用多說一個字，史密斯便照辦了。

就在此時，親愛的主人正輕拍著白牙，對他說著話。

「他想把你偷走，是吧？而你不願意！喔，他犯了大錯，不是嗎？」

「他肯定是吃了熊心豹子膽。」麥特竊笑。

白牙依然激動萬分，豎起了毛髮，並且不斷咆嘯。隨著豎直的毛髮漸漸變得平緩，他的喉嚨裡也慢慢發出了那飄渺的低吟聲。

PART

5

解放與救贖

就在白牙因重傷奄奄一息，並對人類的陰暗感到失望時，他遇到了善良的史考特。新主人以耐心消弭了白牙內心的恐懼，終於讓他重新學會信任與愛。他跟隨史考特回到加州的家，適應了文明社會的生活，甚至勇敢地保護主人的家庭，獲得「聖狼」的稱號。

衝破枷鎖的遠行

雖然還沒有確切的證據，但白牙已經從空氣中嗅聞到災難將至的預感，模模糊糊地感受到變化即將來臨。他不知道究竟是如何及為什麼會發生，不過他從兩位神的身上察覺到了將要發生的事件。他們在渾然不覺的情況下，將自己的意圖洩漏給了在小屋門廊徘徊的狼犬。儘管白牙從未進到屋內，還是能知道他們腦袋裡在想什麼。

「你聽！」麥特在某天夜裡吃晚餐的時候說道。

威登．史考特側耳傾聽，門縫傳來低沉焦慮的嗚咽聲，就像是勉強才能聽見的低聲啜泣。接著，一陣長長的嗅聞聲，似乎是白牙在確認他的神依然待在屋內，沒有獨自神祕地消失無蹤，棄他而去。

「我想那隻狼察覺到你想做什麼了。」麥特說。

威登．史考特用幾近懇求的眼神看向同伴，儘管他接下來的話將讓人覺得這個眼神是個謊言。

「我帶一隻狗到加州是要如何是好呢？」他問道。

「這正是我想說的，」麥特回答：「你帶著一隻狼到加州是要如何是好呢？」

但這個回答並沒有讓威登・史考特感到滿意，對方似乎是用不置可否的態度在評斷他。

「白人的狗對上他根本沒勝算。」史考特繼續說道：「他光用眼神就能殺死那些狗，不是因為傷害訴訟讓我破產，就是被當局帶離我的身邊，然後遭到電死。」

「我知道，他徹頭徹尾就是個殺手。」趕狗人評論道。

威登・史考特狐疑地看著他。

「這可不行。」史考特說。

「這可不行，」麥特同意，「這就是為什麼你需要特別雇一個人來照顧他。」

史考特減輕了疑慮，高興地點點頭。接下來一陣沉默，只聽見從門縫傳來接近啜泣般的低聲嗚咽，然後又是一陣想搜索什麼的長長嗅聞聲。

「毫無疑問，他會想你想得要命。」麥特說。

史考特突然火氣一來，怒氣沖沖瞪著他。「該死的，老兄！我知道自己在想什麼，還有怎樣做才是最好的！」

「我同意，只是……」

「只是怎樣？」史考特迅速振作起來。

「只是……」趕狗人輕輕地開口，旋即改變主意，流露出逐漸高漲的憤怒：「好啦，你不必對此火冒三丈。從你的表現來看，人們只會認為你不了解自己的想法。」

威登．史考特內心思量了一陣子，用更溫和的口氣說道：「你說的對，麥特。我不懂自己在想什麼，這就是問題所在。」

「為什麼？對我來說，帶著一隻狗上路實在非常荒謬。」史考特在另一陣停頓後突然說道。

「我很同意你說的。」麥特回答，而雇主再次對他感到不甚滿意。

「不過，以偉大的薩達那帕拉（Sardanapalus）之名，讓我很在意的是，他到底怎麼知道你要離開的。」這個趕狗人一臉無辜地說道。

「這我也不曉得，麥特。」史考特回覆，同時哀傷地搖著頭。

然而這天還是到來了，白牙透過小屋敞開的大門往裡頭看去，他看見了地板上有那該死的旅行袋，而親愛的主人正往裡面裝東西。同時，小屋裡面人來人往，原先平靜的氛圍，被陌生的騷動不安給打亂。這就是不容置疑的證據，白牙先前只是憑藉感覺，而現在他可以證實，他的神在準備另外一次的逃跑。有鑑於主人上一次沒有帶著自己一起走，所以他可以想見這次也會被留下來。

那天晚上，白牙發出幽長的狼嚎，如同他幼年時發出的嚎叫一般，那時他從荒野跑回村莊，卻發現整個村莊消失無蹤，只剩下一個標記出灰鬍子帳篷位置的垃圾堆。現在他把鼻尖朝向冷漠的星星，對著它們訴說自己的悲傷。

小屋裡的那兩個男人則剛躺上床準備就寢。

「他又不吃東西了。」麥特躺在床上說道。

威登．史考特的床鋪則傳來一聲嘟噥聲，並聽見翻動毯子的聲音。

「按照他在你上一次離開時心碎的模樣，恐怕他這次死路一條。」

另一張床鋪上的毯子翻動得更暴躁了。

「喂，閉嘴！」史考特在黑暗中大喊，「你比女人還要嘮叨。」

「我同意你說的，」趕狗人答道。而威登．史考特不是那麼敢肯定對方是否在竊笑。

隔天，白牙的焦慮不安變得更加明顯。只要主人一離開小屋，他就緊緊跟在後面；而主人待在裡頭的時候，他便會在前廊徘徊。透過半開著的門縫，白牙能夠瞥見地板上的行李，那只旅行袋旁邊又多了兩個大帆布袋和一只箱子。麥特把主人的毯子和毛皮睡袍捲進一小塊防水布裡。白牙一面看著麥特手上的動作，一面哀鳴。

不久，來了兩個印地安人。白牙目不轉睛地盯著他們扛起行李，在手提著床具和行李袋的麥特帶領之下，走下了山坡。但是，白牙並沒有跟著他們，因為主人還在小屋裡。過了不久，麥特回來了。主人來到門邊，呼喊白牙進到屋內。

「可憐的傢伙，」史考特溫柔地說，搔了搔白牙的耳朵，拍一拍他的背脊，「我得出趟遠門，老朋友，你沒辦法跟著到那裡去。現在，再對我嚎叫一聲——最後、最好的一聲道別。」

但是，白牙拒絕嚎叫。反而是用探詢般的哀愁眼神看了一眼，便將頭整個埋進主人的手臂和身體之間，依偎著主人。

「汽船鳴笛了！」麥特大喊。育空河上傳來一艘汽船粗啞的轟鳴聲。「你最好到此為止，記得把前門鎖上。我會從後門出去。動作快！」

兩扇門同時碰地一聲關上，威登・史考特等著麥特繞到小木屋前門。從門裡面傳來一聲低沉的嗚咽和啜泣，接著就是一陣深沉幽長、憔悴的吸氣聲。

「你一定要照顧好他，麥特。」史考特說著，兩人開始往山下走。「寫信告訴我，他過得如何。」

「沒問題，」趕狗人回答，「不過你聽到那個了嗎，你聽！」

兩個男人停下了腳步。白牙就像主人死去的狗兒般哀嚎，聲音宣洩著極度的悲傷，迸發出撕心裂肺的哭喊，然後逐漸平息到顫抖的悲愴，接著在一次又一次的悲鳴中爆發開來。

極光號（Aurora）是今年第一艘開往外地的汽船，甲板上擠滿了富裕的探險家和破產的淘金者，他們都發瘋似地想要前往外地，正如同當初想來到本地的時候一樣。靠近跳板的時候，史考特與準備回到岸上的麥特握了握手。但是，麥特緊握的手卻鬆了開來，的目光掠過史考特，一直盯著他身後的某樣東西。史考特也轉過身去看。蹲坐在幾英尺遠外的甲板，並用哀愁的眼光看過來的，正是白牙。

麥特帶著驚訝的語氣輕聲咒罵，而史考特則是一臉吃驚地看著。

「你有鎖上前門嗎？」麥特問。

史考特點了點頭，回問：「後門呢？」

「當然。」得到的是一個語氣強烈的回答。

白牙討好地垂下耳朵，但仍然待在原地不動，並沒有要過來的意思。

「我必須把他帶上岸。」

麥特邁開腳步往白牙走去，但是白牙躲開了他。趕狗人急忙追了上去，而白牙鑽到了人群裡面，在腳邊東躲西藏。閃躲、轉向、折返，白牙溜過甲板，躲過努力追捕他的那個人。

然而，當親愛的主人一開口說話，白牙就立刻乖乖地來到他的身邊。

「我餵了他好幾個月，從來沒有這樣伸手就過來，」麥特氣憤地說道，「而你……你只在頭幾天，混熟之後就從來沒餵過。真搞不懂他究竟怎麼知道你是老大的。」

原本輕拍著白牙的史考特突然彎下腰，更靠近白牙，指著他鼻尖的幾道新割傷，還有兩眼之間一道又深又長的傷口。

麥特也俯身用手摸了摸白牙的肚子。

「我們完全忘了窗戶。他渾身上下都是傷，肯定是撞破了窗戶，我的天吶！」

但威登．史考特並沒有在聽，他的腦袋正飛快地思考著。極光號響起了最後一聲宣布即將出航的汽笛聲。人們急忙地沿著跳板回到岸上。麥特解開自己脖子上的圍巾，綁到了白牙身上。史考特握住了趕狗人的手。

「再見了，老朋友。至於這隻狼……你不用寫信給我。你懂的，我……」

「什麼！」趕狗人突然大喊，「你的意思該不會是……？」

「這就是我的意思。你的圍巾拿去，『我』會寫信告訴『你』他的近況。」

麥特在跳板上停下腳步。

「他絕對撐不過那裡的天氣的！」他吼了回去。「除非你在天氣熱起來時幫他剃毛！」

跳板收了起來，極光號駛離了岸邊。威登．史考特揮手做了最後的道別。接著，他轉身彎下腰看著蹲坐在身旁的白牙。

「現在叫吧！你這傢伙，叫吧！」他輕拍著白牙那反應靈敏的頭，並搔弄著那貼平的耳朵。

南方的陽光

白牙在汽船抵達舊金山時下了船。他心驚膽戰。在他的內心深處，不必經過任何推理過程或意識運作，早就將神與力量連結在一起了。當漫步在舊金山泥濘的人行道上，他從來沒有像現在這般認為白人是如此驚奇非凡的神。過去他所知道的木頭小屋，被高聳入雲的建築取代。街道上滿是危險——四輪馬車、兩輪馬車、汽車；巨大的馬兒賣力拉著貨車；怪獸般的地面纜車和電車在道路中間呼嘯而過，發出了叮叮噹噹的聲響，尖聲呼喊著引人注目的威嚇，與白牙在北方森林見識過的山貓如出一轍。

所有這一切都是力量的展現。在這一切之中、在這一切背後，都是人類在治理和掌控，一如往常透過對物質的主宰來表達自己。凡此種種都讓人瞠目結舌，白牙嚇壞了，恐懼找上了他。在他還是幼狼的時候，初次離開荒野來到灰鬍子的村莊，曾感受到自己的微渺和弱小，如今他已經完全成年、自豪於自己的力量，卻仍然體會到了相同的感受。而且這裡實在有好多的神！蜂擁成群的神讓他頭昏眼花，街道的巨響震耳欲聾，數不清的事物在眼前來來往往讓他目眩神迷。他前所未有地感受到自己對親愛的主人的依賴，緊緊跟在腳邊，不論發生任何事都不讓主人離開自己的視線。

然而，白牙不會再看到這夢魘般的城市景色，這次的經驗就像一場不真實又可怕的惡夢，久久在他的夢境裡揮之不去。他被主人放上一輛載運行李的車子，用鐵鍊拴在堆滿皮箱和手提行李的角落。這裡有個矮胖魁梧、獨攬大權的神，將行李和箱子扔來扔去，製造出許多噪音。他一下子將行李拖進門內，丟到行李堆裡，一下子又拋出門外，扔給在那等候行李的神，發出了巨大聲響。

白牙被主人遺棄在行李的地獄裡。應該說，至少白牙是這麼認為的，直到他嗅聞出主人用來裝衣物的帆布袋就在自己身邊，便開始保衛它們。

「你來得正好。」一個小時後，正當史考特出現在門口，掌管車子的神就朝他大吼，「你的狗根本不讓我碰你的東西。」

白牙離開車子，大吃一驚。那座夢魘般的城市不見了。這台車子對他來說不過就是一棟房子裡的其中一個房間，而他進入車子的時候，城市環繞在他四周。隔了一段時間後，城市不見了。城市的喧囂不再刺激他的耳朵。在他眼前的是風光明媚的鄉間，灑落著陽光，悠閒又寧靜。但他沒有花太多時間驚嘆就接受了這個轉變，如同過去他接受所有的神難以理解的作為和表現一樣，這就是他們的行事方式。

一輛馬車等在一旁，一個男子和一個女子向主人走了過來。女人伸出手臂，環繞在主人的脖子上——這是充滿敵意的行為！下個瞬間，威登．史考特就從擁抱中掙脫，朝白牙湊過去，因為他已經化身為勃然大怒、不斷咆哮的惡鬼。

「沒事的，媽媽。」史考特緊緊抱住白牙並安撫著他，「他以為你想要傷害我，而他不能忍受這種事。沒事的，沒事的，他很快就會明白的。」

「所以在這段期間，我只能趁我兒子的狗不在旁邊，才被准許疼愛我的兒子。」她笑著說，儘管已經被嚇得臉色蒼白、渾身無力。

她看著白牙，而他依然豎起毛髮、低聲怒吼並惡狠狠地瞪著人。

「他會學會的，而且很快。」史考特說。

直到讓白牙安靜下來之前，史考特一直用溫柔的語氣對著他說話，然後才換上堅決的口氣。

「趴下！快趴下！」

這是主人教導過他的其中一件事，儘管趴得心不甘情不願、悶悶不樂，白牙還是服從了。

「那麼，媽媽。」

史考特向母親張開了雙手，眼睛卻一直緊盯著白牙。

「趴下！」他警告，「趴下。」

白牙正默默豎起毛髮，半蹲伏著要起身，然後又趴了回去，目睹敵意的行為再次上演。不過，這個行為並未帶來傷害，接著另一個陌生男神的擁抱也一樣。裝著衣物的袋子被抬上了馬車，陌生的神和親愛的主人也跟著上車，而白牙則是追趕著馬車。他一下子警戒地跑在後頭，一下子朝著奔跑中的馬兒豎毛警告，宣告自己就在這裡盯著，不准他們飛快拖行穿越大地的神受到半點傷害。

十五分鐘之後，馬車穿過一道石門，駛入一條兩側有著胡桃樹交錯成蔭的道路。兩旁是大片綿延的草地，上頭錯落著擁有粗壯枝幹的橡樹。就在不遠處，對比細心照料的嫩綠草地，陽光曝曬的牧草地呈現出黃褐與金黃；而更遠處則是茶色山丘和高地牧場。從山谷的第一道緩坡俯瞰，就會看到與草坪交界處坐落著一棟有著深邃門廊、多扇窗戶的房子。

白牙沒有什麼機會觀察這一切。馬車還沒駛進庭院，他就被一隻眼睛炯炯有神、臉部尖銳修長、義憤填膺、怒氣沖沖的牧羊犬撞個正著，並且擋在他和主人之間。白牙沒有發出警告的咆嘯，只是豎直毛髮，一聲不響地準備發動致命一擊。攻擊最後沒有完成。他笨拙地急停下來，用直挺的前腳撐住了往前衝的勢頭，幾乎要一屁股坐到地上，亟欲避免碰觸到這隻自己正要攻擊的狗。這隻牧羊犬是隻母狗，白牙同族的法則在他們之間設下了一道屏障。對他來說，攻擊她就得違抗自己的本能。

但對這隻牧羊犬來說，就是另外一回事了。作為女性，她並不具有這種本能。另一方面，作為一隻牧羊犬，她在本能上畏懼著荒野，特別是一匹狼，這種感覺非比尋常的強烈。白牙對來她說就是一匹狼，是自從人類首次放牧、她的遠古祖先守護綿羊以來，世世代代劫掠羊群的掠奪者。因為如此，當白牙放棄攻擊，停下來避免接觸的同時，她撲向了白牙。白牙感覺到她的牙齒咬上了自己的肩膀，不由地主地發出了一聲咆嘯，但除此之外並未打算傷害她。他向後退開，四肢僵硬、侷促不安，試著繞過牧羊犬。他東鑽西躲、左彎右拐，但都沒收到效果。她總是擋在自己想要前去的方向。

「嘿，可麗！」馬車中的陌生男子大喊。

威登・史考特哈哈大笑。

「父親，不要緊，這是很好的訓練。白牙有許多需要學習的，剛好就從現在開始吧！他會適應得很好的。」

馬車繼續向前駛去，但可麗依然擋住白牙的去路。白牙試著離開大路，繞圈穿過草地來超越她，但她跑在內側較短的路徑上，所以總是在前方用自己兩排亮閃閃的牙齒對著白牙。

馬車載著主人漸行漸遠，白牙瞥見它消失在樹林裡。情況陷入絕望，他試著繞到另外一個圈子，但她飛快地奔馳而上。就在下一個瞬間，白牙突然轉身面對她。這是他打鬥時候的老把戲。他肩膀對肩膀，筆直撞向了可麗。結果她不只是被撞翻而已，由於她跑動的速度實在太快，以致於在地上滾了一圈又一圈，一會四腳朝天、一會側身著地。她一邊拚命用腳抓住碎石想要停下來，一邊尖聲哀號哭訴著自己受傷的自尊和憤慨。

白牙並沒有遲疑，現在道路通行無阻，這就是他要的。可麗追趕著他，一路不停吠叫。如今眼前是條筆直的道路，如果說到真真正正的奔跑，白牙可以給她好好上一課。她歇斯底里、發瘋似地狂奔，每一次跳躍都讓人感受到拚盡了全力。而白牙則像在平地上滑行的鬼魂一樣游刃有餘，一聲不響地從她身邊順利溜走。

當白牙繞過房子，抵達門口上下馬車的地方，碰巧遇到了馬車。馬車早已停下，主人正要下車。就在這個時刻，依然全速奔跑的白牙突然察覺到來自側面的攻擊。衝向他的是一隻獵鹿犬。白牙試著正面迎戰，但自己跑的速度太快，對方又靠得太近，獵鹿犬從側邊撞上了他。由於往前衝的動能之大，加上突如其來的撞擊，他被撞飛到地上，整整翻了一圈。白牙帶著一副猙獰的表情從混亂中起身，他的耳朵向後壓平、嘴唇扭曲、鼻頭緊皺，牙齒迅速一咬，獠牙差一點就咬到獵鹿犬柔軟的喉嚨。

主人趕緊跑了過來，但離得實在太遠，最後是可麗救了獵鹿犬的性命。正當白牙準備撲上去給予致命一擊時，可麗及時趕到。她剛剛才被白牙耍得團團轉、甩得遠遠的，更不用說還被毫不客氣地撞倒在碎石地上。她的到來就像一陣龍捲風，混雜著被冒犯的尊嚴、有憑有據的怒氣，以及對於來自荒野的掠奪者發自本能的仇恨。她在白牙跳起來的剎那從右側撞向了他，以致白牙再次被擊倒在地，並且滾了一圈。

下個瞬間，主人趕到，一手抓住了白牙，而他的父親則出聲制止了另外那兩隻狗。

「我必須說，對於一匹來自北極、孤伶伶又可憐的狼，這真是相當熱情的問候呢！」主人說，在他的手不停撫摸之下，白牙冷靜了下來。「在他的一生中就只倒下過一次，而來到這裡才三十秒就連滾了兩次。」

馬車已經駛離，從房子裡出現了其他陌生的神。有些神恭敬地站在一段距離之外，而其中有兩位女神又做出了緊抱主人脖子的敵意舉動。然後，白牙漸漸能夠容忍這樣的行為了，因為看起來沒有造成傷害，而且那些神發出的聲音聽上去也不帶任何威脅。這些神也向白牙示好，但他會發出嚎叫來警告他們走開，而主人則會開口說話來表達相同的意思。每當這種時候，白牙就會緊緊靠在主人的腿上，接受主人放心寬慰地輕拍他的頭。

「迪克，趴下！」一聲令下，獵鹿犬已經爬上了階梯，趴在門廊的一側，依然不停在低嚎，並用悶悶不樂的眼神盯著這不速之客。其中有位女神負責照顧可麗，把雙臂環繞住她的脖子，同時不停安撫。可是，可麗依然非常困惑和擔憂，坐立不安地嗚嗚直叫，對於容許這匹狼的存在感到憤怒，相信一定是神犯了錯。

所有的神都踏上了階梯，進到了房子裡。白牙緊緊跟在主人後頭。待在門廊上的迪克發出了怒吼，而白牙則在階梯上豎起毛髮，吼了回去。

「帶可麗進屋，然後讓他們兩個在這裡一決勝負。」史考特的父親提議，「這樣他們之後就是朋友了。」

「然後為了展現自己的情誼，白牙就得在喪禮上擔任主喪者了。」主人笑著說。

老史考特一臉難以置信，先是看向白牙，再望著迪克，最後瞧著自己的兒子。

「你的意思難不成是……？」

威登點了點頭。「這正是我的意思。一分鐘內你就會得到迪克的屍體，最多兩分鐘。」

他轉向白牙：「來吧，你這匹狼。你才應該跟著進到裡面。」

白牙繃緊四肢走上樓梯，在穿過門廊的時候，尾巴僵硬地豎直了起來，並且警戒著迪克，防範著從側面襲來的攻擊。同時，他也準備好面對任何可能突然從屋內撲向自己的未知凶猛示威。不過，並沒有可怕的東西衝出來。當他進到屋內，四處仔細搜索之後，也什麼都沒發現。接著，他心滿意足地躺在主人腳邊發出咕噥聲，觀察著眼前正在發生的一切，隨時準備一躍而起，與他覺得肯定潛伏在這間房子裡的恐怖之物決一死戰。

神的領土

白牙不但天生適應力強，而且去過許多地方，知曉調整的意義和必要。這裡是法官賈吉．史考特擁有的土地，一個叫作謝拉維斯塔（Sierra Vista）的地方，白牙很快就當成了自己的家。他沒有再跟狗兒們發生嚴重的衝突。他們比自己知道更多南方眾神的行事作風，至於在他們眼裡的自己也獲得了認可，因為他陪著神一起進到了屋內。儘管他是匹狼，但神史無前例的承認他的存在，而他們作為神的狗，也只能接受神的決定。

起初，迪克不可避免地經歷了一些生硬的俗套，後來他也坦然接受白牙成為宅邸的一分子。如果按照迪克的方式來，他們會變成要好的朋友，但白牙厭惡友誼，他只要求其他狗都別來管他。他到目前為止的生活，都和自己的同類保持距離，接下來也希望能夠如此。迪克的示好讓白牙覺得深受打擾，所以吼著要他走開。在北方，白牙已經學會要跟主人的狗保持距離，他現在依然謹記在心。白牙堅持著屬於自己的隱私和自我隔絕，因此澈底無視迪克，而這隻本質善良的動物最終放棄了白牙，對他不再抱持任何興趣，大概就跟馬廄附近的拴馬柱差不多。

可麗的情況卻不相同。她接受白牙是因為這是神的命令，但這並不意味著她會讓他好過。編入她本性的記憶裡，是白牙和他的祖先對自己的先祖所犯下的無數罪刑，遭到蹂躪的羊群時時刻刻、世世代代都不會被遺忘。她沒辦法違背那些允許白牙存在的神，但這不妨礙她用一些小把戲讓他的生活過得愁雲慘霧。他們之間的世仇積怨已久，而她作為其中一分子，一定會讓白牙銘記在心。

於是，可麗就利用自己的性別優勢來找白牙麻煩，並且粗暴地對待他。白牙的本能不允許自己去攻擊可麗，而她的固執則不容許白牙忽視她。可麗衝向他的時候，他會用有著毛皮保護的肩膀去抵擋可麗尖銳的牙齒，然後繃緊四肢、姿態威嚴地走開。當可麗逼得太緊，白牙被迫要開始繞圈子、把肩膀對著她，並將頭轉向了另一邊，他的表情和眼神就會透露出忍耐和厭煩的樣子。然而，偶爾白牙的後腿會被咬到一口，但也只能故作鎮定加速逃跑。不過，他通常都能保持一種近乎莊重的威儀，盡可能忽視她的存在，並且特別留意要避開她。只要看見或聽見她到來，白牙就會起身走開。

還有其他許多事等著白牙去學習。與充滿複雜事務的謝拉維斯塔相比，北方的生活實在太簡單了。首先，他必須要記住主人的家人。某種意義上，他為此做好了準備。就像米薩和克魯庫奇都從屬於灰鬍子，跟他分享食物、營火和毯子一樣，現在在謝拉維斯塔，房子裡的所有居民都從屬於主人。

但就這點上還是有個差別，而且差別還不小。謝拉斯維塔遠比灰鬍子的帳篷要大上許多，有很多人要列入考慮。有賈吉．史考特和他的太太；主人的兩位姊妹，貝絲和瑪莉；主人的太太愛麗絲跟兩人年幼的小孩威登及莫德，分別是四歲和六歲。當然，沒有任何人有辦法告訴他關於這些人和他們的血緣與關係，他對此一無所知，也永遠沒有可能搞清楚。但他很快就理解這些人都從屬於主人。後來，只要一有機會他就透過觀察、研究言談舉止、聲音語調，慢慢理解他們與主人之間的親疏遠近和受寵程度。藉由這個確定下來的標準，白牙便用相應的態度來對待他們。主人重視的人，他就重視；主人珍愛的人，他就珍惜，並且小心翼翼地保護。

好比說那兩個孩子。白牙從來就不喜歡小孩，討厭並害怕他們的雙手。他待在印地安人村莊的日子裡，從小孩身上見識到了蠻橫與殘酷，不是什麼和藹可親的經驗。威登和莫德第一次接近他的時候，他便發出警告的咆嘯，並且露出凶狠的表情。然後，主人接下來的一巴掌和厲聲斥責迫使他容忍他們的撫摸，淨是不停在他們的小手下低吼，而這低吼中不帶任何溫柔的音調。不久，他觀察到主人的眼中相當寶貝這對男孩和女孩。從此之後，不需要巴掌或是厲聲下令，兩個孩子都可以隨意拍撫白牙。

但是，白牙絕非熱情奔放或溫柔親切，他帶著不情願但坦率的態度向主人的孩子屈服，就像忍受痛苦的手術一樣接受他們。當他再也忍受不了的時候，就會毅然決然起身，大步跑開。不過，隔了一段時間，他漸漸喜歡上了這兩個孩子，但並未把這樣的感情顯露出來。他不會主動走向孩子，也不會在他們的視線範圍內走來走去，而是等著他們來找他。再過一陣子就會看到他，在孩子靠近的時候，從眼睛裡散發出喜悅的神情，並且在他們去找別的樂子時，滿臉惋惜地目送他們離開。

所有這些都是漸進的過程，需要時間。在孩子之後，其次他關心的是賈吉·史考特。這大概是有兩個原因。第一，他顯然是主人珍視的所有物之一；第二，此人相當含蓄內斂。當他在寬廣的門廊上看報紙的時候，白牙喜歡趴在他的腳邊，而他偶爾也會朝白牙看一眼或說句話，代表他認可了白牙待在那裡。但這都是主人不在身邊的情況，只要主人一出現，白牙眼中就容不下其他事物的存在。

白牙允許這個家裡的所有成員撫摸或照顧他，但從未像對待主人那樣為他們付出。沒有人的撫摸能讓他從喉嚨發出充滿愛意的低吟，而且他們也沒能說服白牙依偎在自己身上。那種放棄一切、臣服、絕對信任的表現，白牙就只留給主人。事實上，對白牙來說，這個家庭的成員從來就只是親愛主人的所有物而已。

此外，白牙很早就懂得區分家人和僕人的差別。後者會害怕他，他也只是克制自己別去攻擊他們，因為他認為他們也是主人的所有物。在白牙和他們之間就只是井水不犯河水的關係。他們為主人煮飯、洗碗及做其他家務，就像麥特在克朗代克所做的那樣。簡單來說，他們就是這個家庭的附屬品。

至於這個家以外的世界，有更多事等著白牙學習。主人統治的國度既遼闊又複雜，不過還是有著邊界。這領土只到郡道而已，外面就是眾神共同擁有的土地——馬路和街巷。而那些在圍籬內的就是其他神的個別領地。無數的法則治理所有的一切，並且澈底執行。但他不了解這些神的語言，唯有靠經驗來學習。他會遵循自己天性的衝動，直到神因為他違反了某些法則而追著他跑。經過幾次之後，他就能理解那項法則並懂得遵守。

不過，在他的教育裡，最有效的還是主人的巴掌和言語譴責。因為白牙深厚的愛，主人對他輕輕的一巴掌，傷得比灰鬍子或美男子史密斯打過的任何一下都要重。

他們頂多造成白牙肉體上的傷害，在這之下的心靈依然滿腔憤怒、光彩奪目、堅不可摧。但是主人的巴掌總是輕得不痛不癢，卻傳達到更深處的地方。這表達了主人的不滿，而白牙的心靈會隨之枯萎。

事實上，主人很少動手，只要出聲就足夠了。白牙藉此就能知道自己是做對還做錯，進而調整修正行為舉止。這就是他所遵循的羅盤，指引他學會在新的土地和生活中前進。

在北方，人類馴養的唯一一種動物就是狗。其他動物則都生活在荒野裡，而且只要不是太過強大，就是每隻狗合法掠奪的對象。白牙整天都在獵捕活的東西來作為食物。而他沒有意識到這在南方就成了另一回事。不過，他住在聖塔克拉拉谷（Santa Clara Valley）沒多久後，就記住了這一點。某天清晨，他在房子四周溜達的時候，碰上了一隻從雞舍逃出來的雞。白牙本能的反應就是要吃掉那隻雞。在幾下跳躍、一閃而過的牙齒、一聲受到驚嚇的尖叫後，白牙吞掉了這隻愛冒險的家禽。這隻農場飼養長大的雞又肥又嫩，白牙舔了舔嘴，覺得這樣的一餐真是不錯。

隔沒幾天，他恰巧在馬廄附近又碰到了另一隻迷路的雞。馬廄裡的其中一位馬夫跑出來拯救那隻雞。他不曉得白牙是什麼樣的品種，所以拿了一根輕便的馬鞭當作武器。鞭子一揮下來，白牙是放過了雞，卻轉而對付起馬夫。一根棍子或許可以阻止白牙，但鞭子顯然不行。他一聲不吭、毫不退縮地在向前衝的時候挨了第二鞭，接著躍向馬夫的喉嚨。馬夫大喊：「我的老天！」隨即踉蹌後退，接著丟下了鞭子，用手臂護住自己的喉嚨，結果他的前臂被咬得深可見骨。

這個男人澈底嚇壞了，讓他恐懼的不是白牙有多麼凶狠，而是白牙的無聲無息。馬夫持續以受傷流血的手臂保護自己的喉嚨和臉部，同時試著逃到穀倉去。如果可麗沒有及時出現的話，後果可不堪設想。就像之前救了迪克一命，這次她也拯救了馬夫的性命。她怒氣沖沖地衝向白牙。她才是對的，她比那些粗心大意的神了解得更多。她所有的懷疑都已證實，這遠古的掠奪者又故技重施了。

馬夫逃進了馬廄，而白牙在可麗凶惡的牙齒前向後退卻，或以肩膀迎向它們，然後不斷繞著圈子。但可麗並沒有像往常一樣，在適當的懲罰後就善罷甘休。反之，她每分每秒益加激動、憤怒，直到最後，白牙把尊嚴拋到九霄雲外，毫不掩飾地穿過田野，從她眼前逃走了。

「他必須學會不去找雞的麻煩。」主人說：「但除非我能當場逮到他，不然沒辦法給他教訓。」

兩天後機會來了，但事情的規模比主人預想的更大。白牙已經仔細觀察了雞舍還有雞的習性。午夜時分，當雞都入睡之後，他爬上了一堆新運來的木柴頂端，從那裡去到了雞舍的屋頂，再越過屋脊，下到了雞舍內側的地面。不一會的工夫，他就進到了裡面，再次展開一場屠殺。

隔天早上，主人來到了前廊，映入眼簾的是五十隻被馬夫排成一排的白色來亨雞屍體。他暗自輕輕吹了聲口哨，先是驚訝，最後是讚嘆。白牙同樣在一旁看著主人，但眼神不帶一絲羞愧或罪惡。他滿臉自豪，彷彿真的做了一件值得好好稱讚的豐功偉業，一點都不覺得自己犯了什麼過錯。主人緊抿著嘴唇，面對接下來不討好的任務。接著，便嚴厲斥責這個毫不知情的罪魁禍首，聲音裡充滿了神一般的怒火。主人更壓著白牙的鼻子貼近那些慘遭殺害的雞，同時用力地打了他巴掌。

從此以後，白牙再也沒有入侵過雞舍。這違反了法則，而他已經學到了。後來，主人帶他去了雞舍。當他看到活生生的食物在眼前拍著翅膀，並且靠近自己的鼻子，他本能的反應就湧上了心頭。他順從了這股衝動，但主人的聲音制止了他。他們又在雞舍裡待了半個小時。每隔一段時間，本能的衝動就會再度湧向白牙，每次只要他屈服於這反應，就又會被主人的聲音阻止。就這樣，他明白了這條法則，而在離開雞的領土之前，他已經學會忽視雞群的存在。

「你絕對不可能治好一個獵雞殺手。」賈吉·史考特在午餐桌上悲觀地搖搖頭，當時他的兒子正跟他講述自己給白牙上了一課。「只要他們一養成習慣並嘗過鮮血的滋味……」他再次悲觀地搖搖頭。

但威登·史考特並不同意父親說的話。

「讓我告訴你，我打算怎麼做。」他最後提出異議，「我要把白牙跟雞關在一起一整個下午。」

「可是你得考慮到那些雞啊！」法官反對。

「還有，」這個兒子繼續說道，「只要他每咬死一隻雞，我就付你一塊金幣。」

「要是父親輸了，也應該有些懲罰。」貝絲插嘴。

她的妹妹也附和了她的意見，周圍更響起了一片贊同聲。賈吉·史考特點了點頭表示同意。

「好吧！」威登·史考特沉思了一下。「如果下午結束之後，白牙沒有傷害任何一隻雞，那麼就以十分鐘為單位來換算他待在雞舍裡的時間，有幾個十分鐘，你就得像在法庭上莊嚴肅穆地作出判決般，嚴肅慎重地對他說：『白牙，你比我想像的還要聰明。』」

整家人就躲在個好位子來看這場好戲，但結果卻讓他們大失所望。被主人留在雞舍裡關住之後，白牙就趴在地上睡了起來。期間他只起來過一次，走去水槽喝了口水。至於那些雞，被他淡定地無視，表現得就像他們根本不存在。到了下午四點，他跑了起來縱身一躍，上到了雞舍的屋頂，然後跳到外頭的地面，一臉嚴肅地朝著房子漫步而來。他已經記住了這條法則。就在前廊，賈吉．史考特在一群歡欣鼓舞的家人面前，面對面地看著白牙，緩慢莊重地對他說了十六次：「白牙，你比我想像的還要聰明。」

然而，法則的繁複搞得白牙困惑不已，還常常讓他出糗。他已經學會不去碰屬於其他神的雞。此外，還有貓、兔子和火雞，這些他都不可以去招惹。事實上，當他對這法則還一知半解的時候，他的印象是自己不能去碰任何活著的生物。在屋子後面的牧場上，一隻鵪鶉都能安然無恙地從他眼皮底下飛過。他全身緊繃，熱切渴望地顫抖，但還是克制住自己的本能一動也不動，遵守著眾神的意旨。

後來某一天，也是在這座後方的牧場，他看到迪克動身追趕一隻大野兔。主人袖手旁觀，就只是在一旁看著，甚至還鼓勵白牙加入這場追逐。因此，他了解到大野兔不在禁忌的範圍內。到了最後，他終於明白了整條法則。在他和所有人類馴養的動物之間，不能有任何敵意，就算不能和睦相處，至少也得保持中立。但是其他動物，像是松鼠、鵪鶉和棉尾兔，這些從未向人類宣誓效忠的荒野生物，都是每隻狗能合法獵捕的目標。神只保護馴服過的生物，並且不允許他們之間發生致命的衝突。神對他們的所有物握有生殺大權，並且小心維護著這個權力。

經歷過北方生活的簡單明瞭，聖塔克拉拉谷的生活實在太過錯綜複雜。在這些文明的紛雜難懂之處，最主要的要求就是控制和克制，這是種自我平衡，宛若蟬翼般纖細，同時又要如鋼鐵般堅強。生活的面貌千變萬化，而白牙發現自己必須一一面對。因此，他去到聖荷西（San Jose）鎮上的時候，不論是跟在馬車後面跑，或是馬車停下來後在街道四處閒晃，生活就在他的身邊川流不息，深邃、廣闊、多變，不斷衝擊著他的感官，要求他做出永無止境的即時調整和對應，並且總是強迫他得要壓下自己的本能衝動。肉舖裡掛著的肉垂手可得，但這些肉他不能去碰。主人拜訪的人家所養的貓，最好別去招惹。而鎮裡到處都有朝他放聲大吼的狗，也不能去攻擊。還有，在擁擠的人行道上，他會吸引許多人的注意。這些人會停下腳步打量他，然後指給其他人看，仔細察看他、跟他說話，還有最糟的是會拍拍他。而白牙也必須忍耐所有這些來自陌生人的手的危險接觸。不過他都忍了下來。此外，他還克服了尷尬和侷促。他以一種高傲的態度接受了陌生神明各式各樣的關注。他以傲慢的姿態接受了他們的優越感。此外，他身上帶有某種敬而遠之的氣息。他們會拍拍他的頭，為自己的大膽感到高興，然後心滿意足地離開。

然而，白牙並非所有事都一帆風順。跟在馬車後面跑過聖荷西郊區時，他遇到了一群小男孩，常常會朝他扔石頭。不過，他知道自己不被允許去追趕或把他們拉倒在地。他不得不違背自我保護的本能，而且也確實這麼做了，因為他正逐漸馴化，讓自己擁有晉身文明的資格。

儘管如此，白牙沒有很滿意這樣的安排。他沒有關於正義或公平競爭的抽象概念，但在生命中存在某種平等的意識，而正是這種意識讓他對於面對這些丟石頭的人，自己卻不得抵抗這件事感到相當憤慨。他忘記自己與眾神簽訂的盟約裡，神承諾會照顧他、保護他。不過，主人在某一天跳下了馬車，手裡拿著鞭子，然後把丟石頭的小孩痛打了一頓。從此之後，他們就不敢再丟石頭了，白牙心裡明白並感到滿意。

白牙還有另一次類似的經驗。在前往小鎮的路上，有三條狗會在十字路口的酒館附近遊蕩，每當白牙經過，他們就常常會衝出來撲向他。由於知道白牙致命的戰鬥方法，主人從未停止灌輸他一道法則，那就是他絕對不能動手。結果就是白牙謹守著主人的教誨，所以每次經過十字路口的酒館便會陷入困境。在第一次的衝突過後，他會發出咆哮要那三隻狗保持距離，但他們還是尾隨在後，不斷吠叫、爭吵和羞辱他。他忍耐了這個狀況好一段時間。酒館裡的男人甚至慫恿那些狗去攻擊白牙。某天，他們公然命令那些狗去咬他。這時，主人停下了馬車。

「上吧！」他對著白牙說。

白牙簡直不敢相信。他先看著主人，接著看向那群狗，然後又帶著急迫探詢的眼神望向主人。

主人點了點頭：「上吧！老朋友。幹掉他們。」

白牙不再遲疑。他轉過身去，無聲無息地衝進敵陣，三隻狗全都面向他。接著是一陣震耳欲聾的咆嘯吼叫、牙齒之間的衝突和肢體的慌亂。道路上揚起漫天塵土，遮住了戰況。僅僅幾分鐘後，其中兩隻狗在泥土上掙扎著，而第三隻狗使盡全力逃之夭夭，先是躍過一條水溝，接著穿過一道柵欄，逃到一片田野上。白牙緊隨在後，用狼的方式和速度，悄然無聲地迅速滑過地面，並在田野中央撞倒對手，了結了那隻狗。

在這次一口氣解決掉三隻狗的事件之後，他和狗之間不再存在什麼麻煩。消息傳遍了整個山谷，人們都注意著別讓自己的狗去騷擾這匹戰狼。

同類的呼喚

幾個月過去了。南方食物充足且不需要工作，白牙的生活過得舒適、富足且愉快。他不只是地理意義上待在南方，也過著南方的生活。人類的善意像太陽一樣照耀著他，而他就如同種在良好土壤裡的花朵般盛開。

不過，在他身上仍舊遺留著某些和其他狗不一樣的地方。他比其他不了解別種生活的狗更了解法則，能用更一絲不苟的態度去遵循，但仍看得出凶殘潛伏在他身上的細微跡象，彷彿荒野仍在他體內遊蕩，心中的狼只是沉睡了而已。

白牙從未與其他的狗結交友誼。就他的同類而言，他一直過著孤獨的生活，而他也將繼續這樣子活下去。他在幼年時期經歷了利唇和小狗群的欺負，以及和美男子史密斯待在一起的打鬥日子，讓他對狗產生一種既定的厭惡感。他生命的自然軌跡已經遭到改變，他避開自己的同類而依附人類。

此外，所有南方的狗都對白牙抱持著懷疑的目光，喚醒了他們本能上對於荒野的恐懼，往往用低吼咆嘯和滿是挑釁的恨意來迎接他。另一方面，白牙則了解到自己沒有必要用牙齒來對付他們，光是齜牙咧嘴就很有效了，很少不讓朝著他吠叫、準備衝刺的狗往後一屁股坐到地上。

不過，白牙的生命中有個大考驗——可麗。她讓白牙時時刻刻都不得安寧，且並非總是像他一樣順從著法則。她抗拒了主人想讓她和白牙成為朋友所做的一切努力。白牙的耳朵裡總是迴響著可麗尖銳緊張的嚎叫。她從來不曾原諒過白牙犯下的屠雞慘劇，並且堅持相信他向來不安好心。在那次事件之前，可麗就認為他有罪，並據此以相應的態度對待他。她成為白牙的心腹大患，像警察一樣跟著他在馬廄和院子裡到處跑，即使只是好奇地對鴿子和雞看上一眼，都會爆發一陣義憤填膺的怒吼。白牙最喜歡用來展現無視可麗的方式，就是趴下來把頭靠在前爪上並假裝睡覺，這總是能讓可麗目瞪口呆、啞口無聲。

撇開可麗之外，白牙的一切漸入佳境。他已經學會自制和沉著，並且懂得法則。他還做到了穩重、冷靜和泰然自若的寬容。他不再生活在充滿敵意的環境，不會再有危險、傷害和死亡埋伏在周遭。作為可怕和威脅的未知事物就算逐步近逼，也會立刻消失。生活既舒適又輕鬆，過得一帆風順，沒有恐懼、沒有敵人。

白牙在不知不覺中開始想念雪。如果他有意識到的話，肯定會覺得這是個「漫長得過分的夏天」，但實際上他僅僅是在潛意識裡模模糊糊地思念著雪。同樣地，尤其是在大太陽底下忍受夏天的炎熱時，他感受到了一種對於北方的淡淡嚮往。然而，這些感受對白牙造成的唯一影響，就是讓他莫名其妙地焦躁不安。

白牙向來不會表露出自己的情感，除了依偎對方和在充滿愛意的嚎叫中發出的輕吟，他沒有其他表達自己的愛的方式。不過，如今卻讓他發現了第三種方法。過去他總是被眾神的嘲笑所影響，這些笑聲讓他陷入瘋狂、被憤怒沖昏了頭。但是他卻不會因此對親愛的主人生氣，而當那個神選擇用一種充滿善意、開玩笑的方式來取笑他的時候，則會感到不知所措。他能感受到昔日怒火的椎心刺痛在心中湧現，可是這股情感卻與愛發生衝突。他不能生氣，可是必須做點什麼。一開始，他表現出一副莊重的模樣，而主人笑得更厲害了。然後，他試著擺出更莊重的樣子，主人又笑得比先前更加誇張。最後，主人笑到讓他放下自尊。白牙的下巴微微張開，嘴唇輕輕上揚，眼神中流露出與其說是幽默，不如說是愛的古怪情緒。他學會了怎麼去笑。

與此同時，白牙學會了和主人嘻笑打鬧，被推倒在地上打滾，成為無數粗魯惡作劇的受害人。他反過來假裝生氣，凶狠地豎起毛髮、放聲咆嘯，牙齒咬得喀嚓作響，看上去像是有置人於死地的企圖。但他從未失去理智，他的牙齒總是咬在空無一物的空氣上。這種打鬧的最後，當那些揮擊、巴掌、齧咬和嚎叫變得又快又狠的時候，他們會瞬間遠離對方，相距幾英尺遠地瞪著對方。接著，就像從狂風暴雨的大海中升起的太陽一般，他們突如其來就開始大笑。最後，主人總是會以手臂環繞著白牙的脖子和肩膀，而後者則輕聲低嚎著滿是愛意的曲調。

不過，其他人從來沒有跟白牙嘻笑打鬧過，他不許別人這樣做。他保持著莊重嚴肅的姿態，每當有人嘗試跟他玩耍，他那警告的咆嘯和聳起的鬃毛看上去一點都不像是在鬧著玩。白牙容許主人有著這些自由，不代表他就應該變得像隻普通的狗一樣到處散播愛，成為每個人用來度過愉快嬉鬧時光的所有物。他一心一意愛著主人，拒絕去貶低自己或自己的愛。

主人時常騎馬出門，而陪伴他是白牙日常的主要職責之一。在北方，拖雪橇是他用來表示忠誠的方式，但是南方沒有雪橇，狗也就不用去背負這個重擔。所以他用新的方式來盡忠，也就是跟著主人的馬一同奔跑。就算是外出跑得最久的一天，都不曾讓白牙筋疲力盡。他用狼的方式奔跑，腳步平穩、輕鬆自如、不知疲倦，跑了五十英里以後還能輕快地跑到馬的前面來領頭。

與主人的騎行，讓白牙展現了另外一種非比尋常的情感表達方式，而他的一生中就只發生過兩次。第一次是在主人嘗試教導一匹純種馬，在騎手不下馬的情況下開關柵門的方法。主人一次又一次策馬向前靠近門邊，想要關上門，但馬每次都會受到驚嚇而後退，然後迅速跑開，結果就變得越來越緊張和激動。當馬直立起後腿，主人就會踢蹬馬刺，讓馬高舉的前腿踩回地面，而馬這時候就會開始用後腿猛踢。白牙看著眼前的狀況越來越焦慮，到最後實在無法再控制自己，於是跳到馬的前面，發出帶有警告意味的凶狠吠叫。

此後，白牙經常試著發出吠叫，主人也鼓勵他這麼做，但他就只辦到過一次，而且還不是在主人面前。有一回策馬奔馳在牧場，一隻大野兔突然竄到了馬的腳邊，接著就是猛然地一轉向、一陣踉蹌、一跟頭摔倒在地，主人因此還摔斷了一條腿。白牙怒氣沖沖地衝向這匹犯下大錯的馬的喉嚨，但被主人的聲音給制止。

「回家！快回家！」主人在確認自己的傷勢後下達命令。

白牙不願拋下主人。主人想要寫張字條，但翻遍了口袋卻找不到紙和筆，便就又再次命令白牙回家去。

白牙傷感地看著主人，動身離開，然後又折了回來，輕聲嗚咽著。主人溫柔卻又嚴肅地對著他說話，白牙豎起耳朵，痛苦地專心聆聽。

「不要緊，老朋友，你就只管跑回家。」他說：「回家然後告訴他們我發生了什麼事。回家吧，你這匹狼。快回家！」

白牙只知道「家」的意思，儘管他不明白主人剩下的話想表達什麼，但他知道是要自己回家去。他轉過身，不情願地跑了幾步，然後又停了下來，猶豫不決地越過肩膀回頭望著主人。

「快回家！」主人厲聲命令，而這次他服從了。

白牙回到家的時候，一家人正在門廊乘涼。他氣喘吁吁、滿身塵土來到他們中間。

「威登回來了。」威登的母親說道。

孩子們雀躍地尖叫來歡迎白牙回家，並快跑上前迎接他。白牙避開孩子穿到門廊，卻被他們團團圍在搖椅和欄杆之間。他發出咆嘯並想要把他們推開。孩子的母親忐忑不安地看向他們。

「我承認他待在孩子身邊的時候會讓我很緊張。」她說：「我很害怕他有一天會突如其來地攻擊他們。」

白牙怒吼著衝出角落，撞倒了男孩和女孩。母親把孩子叫到身邊並安慰他們，告訴他們不要去煩白牙。

「狼就是狼，」賈吉．史考特發表他的意見，「沒一匹可以信任的。」

「但他不完全是匹狼。」貝絲插嘴，替不在場的哥哥進行辯護。

「你只聽信威登的片面之詞。」這位法官反駁道，「他僅僅只是猜測白牙身上流有某種狗的血統，但就像他自己說的，他對此也無從知悉。至於白牙的外表……」

他話還沒說完，白牙就蹲坐在他面前，凶狠地咆嘯。

「走開！坐下！」賈吉．史考特命令道。

白牙轉向親愛主人的妻子。當他的牙齒咬住裙子用力拉拽，結果撕裂脆弱布料的時候，主人的妻子嚇得尖叫起來。這下子，白牙成為眾人好奇的焦點。白牙停下了咆嘯，昂首蹲坐看著所有人的臉。他的喉嚨時不時震動，但沒有發出任何聲音，同時全身上下掙扎抖動，努力想要擺脫無法表達某種得用言語闡述事情的窘況。

「我希望他不是要發瘋了。」威登的母親說，「我告訴過威登，溫暖的氣候不適合極地的動物。」

「我想他是試著要說些什麼。」貝絲聲稱。

這時候白牙發表了他的意見，衝上來一陣狂吠。

「威登一定是發生什麼事了。」他的妻子果斷地說道。

他們現在全都站了起來，白牙跑下了台階，回頭望著他們，要眾人跟上。這是他有生以來第二次也是最後一次吠叫，好讓大家明白他的意思。

經過這件事以後，謝拉維斯塔的人們更加親切友善地對待白牙，甚至連手臂被他咬傷的馬夫都承認，就算白牙是匹狼，他更是隻聰明的狗。只有賈吉·史考特依然抱持著同樣的觀點，並且用百科全書和各種自然史著作裡的數據和描述來佐證，讓所有人都相當不滿。

日子一天天過去了，白晝的陽光從不間斷地灑落在聖塔克拉拉谷。但隨著白天的時間越來越短，白牙迎來了待在南方的第二個冬天，並且發現了一件奇妙的事。可麗的牙齒不再那麼尖銳，在她啃咬裡帶著玩心，以及避免真的傷害到自己的溫柔。白牙不再去想可麗曾經造成自己生活的負擔，當她在自己身邊嬉鬧，他也鄭重嚴肅地回應，努力表現出俏皮的樣子，但只變得滑稽好笑。

某一天，可麗引領著他來了一場長途的追逐，一路穿過後面的牧場到樹林裡去。

那時是下午主人準備騎馬出行的時間，而白牙也知道這件事。馬已經配戴好馬鞍，並且在門口等候。白牙猶豫了。但是，在他體內有種比他所學到的法則、形塑他的習慣、他對主人的愛，以及自己求生的意志還要深切強烈的事物。當他還在猶豫不決時，可麗咬了他一口並輕快地跑開，白牙便轉身跟了上去。那天，主人獨自騎著馬出門。而在樹林裡，白牙和可麗肩並著肩奔跑，如同許多年前他的母親綺姬和獨眼老狼在北方寂靜森林裡奔跑的情景一般。

沉睡的狼

就在這個時刻，報紙滿版刊載了一名囚犯從聖昆汀（San Quentin）監獄大膽越獄的消息。他是個凶惡的男人、天生的壞蛋。這人出身不好，他從社會接受到的形塑並沒有幫上任何忙。社會的大手非常殘酷，他就是其親手打造出來的典範之作。他是一頭野獸——披著人皮的野獸，他的確是，可怕到只能用嗜血來形容。

在聖昆汀監獄裡，他證明自己無可救藥，懲罰也無法挫他的銳氣。他可以愚蠢瘋狂地死去，戰到最後一刻，但不能接受被人擊敗後苟活下來。他戰得越凶，社會就越殘酷地處理他，而這種殘酷只會讓他變得更加凶狠。對吉姆．霍爾來說，束縛、挨餓、毒打和棍棒都是錯誤的對待，但是他所遭受的就是如此。從他還是個舊金山貧民窟的軟弱小男孩，是塊準備被社會大手捏塑成形的柔軟黏土時，就已經遭受到這樣的對待。

在吉姆·霍爾第三次入獄服刑期間，遇到了一個跟他一樣如野獸般凶殘的監獄看守員。這個人對他極為不公，在典獄長面前詆毀他，害他失去信譽，並且迫害他。這兩人之間的差別在於，看守員手裡有一串鑰匙和一把左輪手槍，而吉姆·霍爾只能靠赤手空拳和他的牙齒。不過，某天他撲向了看守員，像一頭叢林裡的野獸，用牙齒咬斷了對方的喉嚨。

自此之後，吉姆·霍爾就被關在不知悔改的犯人專用的牢房，一住就是三年。這間牢房從地板、牆壁到屋頂都是鐵製的。這三年間，他從未離開過牢房，也沒見過天空和陽光。白天就是一片昏暗微光，夜晚則是一片漆黑死寂，他活生生地被埋在一個鋼鐵的棺材裡。他看不到人的臉，也沒辦法跟人說話。當食物被推給他的時候，他像隻動物般大吼大叫。他憎恨著所有事物。他可以連續好幾天向宇宙萬物怒吼來宣洩自己的憤怒；也可能幾個禮拜、甚至幾個月都不發一語，在漆黑死寂裡吞噬自己的靈魂。他是個人，也是個怪物，在已經發瘋的大腦幻覺下語無倫次，就是如此令人恐懼的傢伙。

後來，某天晚上，他逃走了。雖然典獄長聲稱這是不可能發生的，他的牢房裡卻空無一人，只有一具看守員的屍體倒臥在門口，身體一半在牢房裡，一半在外面。另外兩名看守員的屍體則標記出了他的逃脫路線，從監獄一路跑到外牆。為了不製造出聲響，他徒手殺死了這些人。

他用看守員的武器把自己武裝成一座軍火庫，在整個社會有組織的追捕力量下，從層層山丘逃脫。一大筆獎金懸賞他的人頭。貪婪的農夫手持霰彈槍去追捕他。殺死他可能足以償還房貸，或是送一個兒子去念大學。熱心的民眾也拿出了他們的來福槍，出門加入搜捕的行列。一群獵犬追蹤他流著血的足跡。至於那些法律上的鷹犬和社會上為錢賣命的好戰動物，則靠著電話、電報和專用列車，日日夜夜緊追著他的蹤跡。

有時候，這些人也會偶然遇到吉姆．霍爾，他們不是像遇上英雄般去面對他，就是穿過鐵絲網落荒而逃，逗樂了在早餐桌上讀著報導的民眾。遇到霍爾的這些人非死即傷，被送回了鎮上，然後由另外一批熱中於搜捕的人來補上空缺。

後來，吉姆．霍爾人間蒸發了。獵犬徒勞地追蹤著失去的蹤跡。偏遠山谷的無辜牧場工人被武裝人員攔了下來，被迫證明自己的身分；而在十多處山坡上都有貪婪的人主張自己發現了吉姆．霍爾的屍體，想要藉此換取賞金。

同時，在謝拉維斯塔的人們也讀到了報紙上的消息，他們的反應比起有趣，更多的是焦慮。婦女非常的害怕。賈吉・史考特對此嗤之以鼻，拋開理性地笑了起來，就是他在法庭的最後那段日子裡，吉姆・霍爾站到了他的面前接受審判。在公開法庭眾目睽睽之下，吉姆・霍爾發誓自己總有一天會向判刑的法官復仇。

這一次，吉姆・霍爾是對的，他是無辜的，並沒有犯下法官所宣判的罪刑。以小偷和警察的行話來說，這是起「揹黑鍋」的案件。吉姆・霍爾為了一樁自己根本沒犯下的罪名被「冤錯」送進了監獄。因為他已經有過兩次前科，所以賈吉・史考特判了他五十年的刑期。

賈吉・史考特不清楚事情的全部真相，不知道自己參與了警察的陰謀，拿到的都是事先策劃捏造好的偽證，吉姆・霍爾是被誣陷的。另一方面，吉姆・霍爾也不曉得賈吉・史考特其實並不知情，他認為法官知道一切，與警察狼狽為奸犯下這起不公不義的醜惡罪行。所以，當賈吉・史考特宣判那五十年生不如死的末日審判，憎恨著社會上所有苛待他一切的吉姆・霍爾，立刻起身破口大罵，直到被六名穿著藍衣服的敵人拖出法庭。對他來說，賈吉・史考特是不公不義的關鍵，所以將滿腔怒火傾瀉在法官身上，並威脅總有一天要去報仇。後來，吉姆・霍爾入獄服刑……接著逃走了。

當然，白牙對這一切一無所知。不過，他與主人的妻子愛麗絲之間有個祕密。每天晚上，住在謝拉維斯塔的人們上床睡覺以後，愛麗絲會起床讓白牙進屋，睡在大廳裡。因為白牙不是看門狗，不被允許睡在屋子裡，所以愛麗絲清晨一大早就會溜下床，在全家人醒來之前放白牙出去。

在一如平常的某天晚上，當家人都進入夢鄉，白牙仍然醒著，並且安靜地趴在地上嗅著空氣，從中發現了一個陌生的神的氣息。接著，他的耳朵就聽見這個陌生的神的動靜。白牙沒有爆發出一陣凶狠的嚎叫，這不是他的作風。陌生的神躡手躡腳地走著，而白牙更是悄然無聲地移動，因為他並沒有穿著會與身體摩擦出聲的衣服，白牙靜悄悄地跟在後面。在荒野裡，他就是這樣獵捕那些膽小如鼠的獵物的，明白出其不意的優勢。

陌生的神在主樓梯停下了腳步，聽著屋內的動靜。白牙就像死了一樣一動也不動地觀察和等待。上了樓梯就會通往親愛的主人及主人最珍視的所有物，白牙豎直毛髮，但依然按兵不動。陌生的神抬起了腳，準備上樓。

就在這個時候，白牙發動了攻擊。他沒有發出警告，沒有任何預告自己行動的咆嘯。白牙直接一躍而起跳到空中，撲到陌生的神背上。他用前爪緊緊壓住這個男子的肩膀，同時牙齒深深咬入男子的後頸。他緊咬不放好一陣子，足以把這神給向後拉倒，於是他們雙雙摔到了地板上。白牙乾淨俐落地跳開，而當男子掙扎起身的同時，白牙再次用尖銳的獠牙發動攻擊。

整個謝拉維斯塔的人們都被驚醒。樓下傳來的聲響猶如十幾個魔鬼在搏鬥，其中還夾雜了幾聲槍響。一個男子發出了飽含驚恐和痛苦的尖叫，並傳來巨大的怒嚎和咆嘯，在此之間還有家具和玻璃摔得粉碎的聲音。

這場突如其來的騷動，轉瞬間就戛然而止，打鬥過程不超過三分鐘。驚魂未定的家人聚集在樓梯口，從宛若漆黑深淵的樓下傳來汩汩的聲響，就像空氣在水中冒泡的聲音。有時候這聲音會變成口哨般的嘶嘶聲，但同樣很快便漸漸轉弱，然後就聽不到了。接著，在黑暗中只剩下某種生物痛苦掙扎的沉重喘息。

威登・史考特按下開關，樓梯和樓下的大廳頓時燈火通明。接著，他和賈吉・史考特手持左輪手槍，謹慎地走下樓梯。但他們大可不必這麼做，因為白牙已經完成了他的工作。在被撞倒和砸爛的家具殘骸之間，躺著一名男子，他半側著身，臉部深埋在手臂裡。威登・史考特彎下腰，移開手臂，把男子的臉朝上翻了過來，慘遭撕裂的喉嚨說明了他的死因。

「吉姆・霍爾。」賈吉・史考特說。父子兩人意味深長地看著彼此。

然後，他們轉過來看向白牙。他也同樣側身躺著，眼睛緊閉，但當兩人俯身靠近時，他微微抬起了眼皮，努力想要看著他們，至於尾巴則是明顯地顫抖著，徒勞地搖擺。威登．史考特輕拍著白牙，而他的喉嚨裡也發出一聲回應的低嚎，不過頂多算是氣若游絲的嚎叫，而且很快就停止了。他的眼皮垂下，然後閉上了雙眼，整個身體似乎鬆懈下來，平躺在地板上。

「他拚盡全力了，可憐的傢伙。」主人喃喃自語道。

「我們得想想辦法。」法官堅決地說，然後打起了電話。

一個半小時後，一位外科醫生前來檢查白牙的傷勢，說道：「老實說，他只有千分之一的機會。」

天剛破曉，陽光從窗戶照進了屋內，電燈的光線顯得黯淡許多。除了孩子之外，全家人都圍在外科醫生的身旁，聽候他的診斷。

「後腿斷了一條。」他繼續說道：「還斷了三根肋骨，其中一根刺穿了肺部。身體裡的血液幾乎流光。還有很大的可能有著內傷，一定是遭人用力踩踏過。更不用說還有三個貫穿身體的彈孔。千分之一的機會可能還太過樂觀，他甚至連萬分之一的機會都沒有。」

「絕不能放過任何救他的機會。」賈吉．史考特大聲說道，「不要在意錢。幫他照X光，或者任何事都好。威登，再撥一次電話給舊金山的尼古拉醫生。不是對你有意見，醫生，你明白的。但他必須得到一切可能的機會。」

外科醫生和藹地笑了笑：「我當然明白。他值得所有為他所做的一切。他必須接受等同照顧人類生病小孩般的照料。還有別忘了我告訴過你們，要注意溫度！十點的時候我會再過來。」

白牙受到細心的照護。賈吉．史考特主張雇用一名訓練有素的護士，卻遭到女孩們忿忿不平地否決了。她們要親自接下這個任務。而白牙成功戰勝了連外科醫生都不敢保證的那萬分之一機會。

這不能責怪醫生的診斷有誤，他這輩子照顧與手術的都是文明世界的軟弱人類，世世代代過著遮風避雨、受到庇護的生活。相較於白牙，他們體弱多病，抓緊生命的雙手也軟弱無力。白牙來自荒野，在那裡弱者早早就被淘汰，沒有誰能得到庇護。不論是他的父親或母親，抑或是世世代代以前的祖先都沒有什麼弱點。白牙繼承了鋼鐵般的體格和荒野的生命力，然後憑藉著所有生物自古以來擁有的頑強，拚盡渾身解數、全心全力去緊緊掌握住生命。

白牙被綁得像個囚犯，石膏和繃帶讓他動也不能動，就這樣消磨了幾個星期。他睡了很長一段時間，做了許許多多的夢，腦海中不斷浮現北方的景象。所有往昔的幽魂擁現，並伴隨在他的身邊。他再一次跟綺姬一起在巢穴裡生活；顫顫巍巍爬到灰鬍子的跟前，向他宣誓效忠；在利唇和一整群喧鬧的小狗的嚎叫聲前逃命。

他再度跑過一片寂靜，在飢荒的歲月狩獵活生生的食物。他又一次跑在雪橇隊伍的前方，當時他們行經一個狹窄的通道，米薩和灰鬍子在後頭揮舞著鞭子，口中大喊著「啦！啦！」，於是隊伍就像扇子一般收攏才得以通過。他重回了跟美男子史密斯度過的所有日子和那些他上陣的戰鬥。每當這個時候，他都會在睡夢中嗚咽咆嘯，旁人見狀都會說他在做惡夢。

然而，其中有一個特別痛苦的夢魘，裡頭有著哐噹作響的電車怪物，在他眼裡就好像尖聲呼嘯的巨大山貓。他會躲在樹叢裡，等著松鼠大膽地離開樹上的躲藏處來到地面。接著，當白牙一躍而起撲向松鼠的時候，松鼠卻搖身一變成了一台來勢洶洶的恐怖電車，像一座山一樣矗立在他面前，厲聲尖叫、叮噹作響，還朝著他噴火。他在挑戰從天而降的老鷹時也發生了一樣的事。老鷹從天空俯衝而下，就在下降到他頭上的時候，變成了一台無所不在的電車。又或者，白牙會身處在美男子史密斯的獸欄裡，外頭聚集著一群人，而他知道這代表著即將展開一場打鬥。他盯著柵門等待對手入場。門一打開，朝他衝過來的又是那可怕的電車。這樣的夢魘出現了成千上萬次，激起的恐懼一次比一次更加鮮明和強烈。

拆掉白牙身上最後一條繃帶和最後一塊石膏的日子終於到來。那是個值得歡慶的日子，謝拉維斯塔的人們全都齊聚一堂。主人搔了搔白牙的耳朵，他則充滿愛意的嚎叫低吟。主人的妻子稱呼他「聖狼」，並獲得了眾人的歡呼，所有婦女也都叫他聖狼。

白牙努力地想要抬腳起身，經過幾次嘗試後還是虛弱不堪地坐倒在地。他實在躺太久了，肌肉不再靈活，身體所有的力量也消失無蹤。他為自己的虛弱感到些許羞愧，彷彿自己辜負了眾神對自己的照顧。白牙用盡力氣爬了起來，最後他用四條腿站著，但搖搖欲墜地前後晃蕩。

「聖狼！」婦女們齊聲喊道。

賈吉．史考特洋洋得意地看著她們。

「你們總算親口說出來了。」他說，「就像我一直堅持的。沒有一隻狗辦得到他做到的事，他可是一匹狼啊！」

「一匹聖狼。」法官的妻子糾正他。

「是的，一匹聖狼。」法官，「從今以後，這就是我對他的稱呼。」

「他需要重新學習怎麼走路。」外科醫生說，「最好現在就開始。這不會對他造成傷害，把他帶到外頭吧！」

白牙宛如國王般來到了外頭，所有謝拉維斯塔的居民簇擁在他身邊，服侍著他。他實在太過虛弱，於是來到草地後就趴了下來，休息了一陣子。

接著，遊行隊伍再度前進，隨著白牙運用他的肌肉，力量就一點一點地湧現，血液也開始回流到肌肉裡。來到了馬廄，可麗趴在門口，有六隻胖嘟嘟的小狗在陽光下圍繞著她玩耍。

白牙用驚奇的眼神看著這一幕。可麗對他發出警告的咆嘯，而他則是小心翼翼地保持距離。主人用腳趾幫忙把一隻正蹣跚爬行的小狗推到他的面前。白牙猜疑地豎起毛髮，但主人提醒他這沒關係。被緊緊抱在其中一位婦女手臂裡的可麗謹慎地看著他，用咆嘯聲警告他，這可不是沒關係。

那隻小狗爬到了白牙的面前。他豎起耳朵，好奇地看著小狗。然後，他們的鼻子碰在一起，白牙感受到舔在他臉頰上的小小舌頭的溫暖。白牙不知何故就伸出了自己的舌頭，舔了舔小狗的臉。

眾神鼓掌叫好，為了這一幕歡呼。白牙感到吃驚，一臉困惑地望著他們。此時，他體內的虛弱襲來，於是白牙躺了下來，豎直耳朵、頭歪向一邊，看著那隻小狗。其他小狗也跟著爬到他的身邊，這讓可麗大為惱火。而他則是謹小慎微地允許小狗在自己身上攀爬和翻滾。起初，在眾神的掌聲中顯露出了些許過往的尷尬和不自在，但隨著小狗的嬉戲打鬧，這一切全都煙消雲散了，白牙半閉著充滿耐心的雙眼，在陽光下打起了瞌睡。

國家圖書館出版品預行編目（CIP）資料

白牙／傑克・倫敦（Jack London）作. -- 初版. -- 新北市：
畢方文化有限公司, 2024.08
304面；14.8×21公分
譯自：White Fang

ISBN 978-626-98769-0-7（平裝）

874.57 113008568

ZEIT

白牙
從困境中找到自我與勇氣的長征
White Fang

作　　者　傑克・倫敦（Jack London）
譯　　者　朱麗貞
審　　定　曾知立
責任編輯　翁靜如、徐鉞
校　　對　呂佳真
版　　權　翁靜如
封面設計　萬勝安
內頁設計　黃淑華

出版發行　畢方文化有限公司
23141 新北市中和區建一路 176 號 12 樓之 1
電話：（02）2226-3070 #535
傳真：（02）2226-0198 #535
E-mail：befunlc@gmail.com

I S B N　978-626-98769-0-7
初　　版　2024 年 8 月
印 刷 廠　鴻霖印刷傳媒股份有限公司
定　　價　新台幣 450 元